DU MÊME AUTEUR

Aux Éditions Gallimard

L'ENFANT DE BRUGES, *roman*, 1999 (Folio n° 3477).

À MON FILS À L'AUBE DU TROISIÈME MILLÉNAIRE, *essai*, 2000 (Folio n° 3883).

DES JOURS ET DES NUITS, *roman*, 2001 (Folio n° 3731).

Aux Éditions Denoël

AVICENNE OU LA ROUTE D'ISPAHAN, *roman*, 1989 (Folio n° 2212).

L'ÉGYPTIENNE, *roman*, 1991 (Folio n° 2475).

LE POURPRE ET L'OLIVIER, *roman*, 1992, nouvelle édition révisée et complétée (Folio n° 2565).

LA FILLE DU NIL, *roman*, 1993 (Folio n° 2772).

LE LIVRE DE SAPHIR, *roman*, 1996. Prix des Libraires (Folio n° 2965). Nouvelle édition revue par l'auteur en 2004.

LE ROYAUME DES DEUX-MERS, *roman*, 2018.

Chez d'autres éditeurs

LE DERNIER PHARAON, *biographie*, Pygmalion, 1997 (Folio n° 5265).

L'AMBASSADRICE, *biographie*, Calmann-Lévy, 2002.

LES SILENCES DE DIEU, *roman*, Albin Michel, 2003.

AKHENATON, Le dieu maudit, *biographie*, Flammarion, 2004 (Folio n° 4295).

UN BATEAU POUR L'ENFER, *récit*, Calmann-Lévy, 2005.

LA REINE CRUCIFIÉE, *roman*, Albin Michel, 2005 (Folio n° 4631).

LE COLONEL ET L'ENFANT-ROI, *récit*, Jean-Claude Lattès, 2006 (Folio n° 4803).

MOI, JÉSUS, *roman*, Albin Michel, 2007.

LA DAME À LA LAMPE, *roman*, Calmann-Lévy, 2008 (Folio n° 4906).

EREVAN, *roman*, Flammarion, 2009.

Suite des œuvres de Gilbert Sinoué en fin de volume

LE FAUCON

GILBERT SINOUÉ

LE FAUCON

roman

nrf

GALLIMARD

Selon une vieille légende, il faisait ce jour-là une chaleur infernale. Un chasseur poursuivait une gazelle, mais la soif commença à le tenailler. Il partit à la recherche d'un puits. Lorsqu'il le trouva, il était à sec. Quelque temps plus tard, on découvrit le corps du chasseur étendu près de celui de la gazelle. Tous deux morts de soif. Sur le lieu de sa mort on érigea une tour de guet, et comme nul ne se souvenait du nom de l'homme, on lui donna un surnom : « le père de la gazelle », et ce surnom devint par la suite celui d'une île, puis celui d'un pays.

1

> Du ventre de ma mère, quand suis-je sorti ? Quel prince, quel émir, quel roi se déracine vraiment, définitivement de ce royaume-là ?

Octobre 2004, Al-Aïn

Les hommes vivent et meurent.

Me voici au couchant de ma vie.

Je suis né le 6 mai 1918.

J'ai quatre-vingt-six ans.

Ou plus ? Ou moins ? L'un des avantages de la vieillesse est la faculté de l'esprit humain à ne conserver que l'essenticl.

Une certitude : j'ai mille ans de souvenirs.

En cette heure où le jour décline, assis en tailleur, comme au temps de ma jeunesse, au sommet de cette dune, ces souvenirs, je les vois qui défilent en cortège sur la ligne d'horizon.

Visages aimés, tous aimés, moins aimés, éperdument aimés.

Je vois des villes qui s'enchevêtrent dans la chevelure du temps. Des villes aux vastes avenues inspirées d'autres villes et qui se dressent désormais ici, sur ma propre terre où n'existaient alors que les routes du vent. Je vois des gratte-ciel et des jardins, là où ne poussait que la rocaille. Des palmiers, des nuées de palmiers. Des écoles, des universités, des hôpitaux, des musées, et tant d'autres rêves devenus vrais. Un mirage devenu pierre et acier.

Ce ne fut pas simple, mais ce fut exaltant.

J'ai tiré des entrailles du désert un pays dont les gens d'Occident savent le nom. Mais connaissez-vous le mien ? Je vous le livre :

Je m'appelle Zayed bin Sultan Al-Nahyan.

Je suis de la famille Al-Nahyan, de la tribu des Bani Yas.

J'ai façonné une nation comme le potier façonne l'argile. J'ai accompli l'impossible, atteint des rives que tous disaient inaccessibles. Jamais pour ma propre gloire, mais pour celle des miens. Je n'étais pas seul. Je fus accompagné par la mémoire de nos pères, ceux qui supportèrent avec patience les peines d'une vie âpre, dans un milieu hostile, un climat sans bienveillance.

Je m'appelle Zayed bin Sultan Al-Nahyan.

Je suis le petit-fils de Zayed le Grand.

Durant des siècles cette région du monde où je suis né demeura inchangée : moutonnement de dunes et plages argentées, plus douces que le velours. Au XVe siècle arrivèrent les Portugais. Ils fondèrent des comptoirs dans la région, développèrent le commerce des perles et de l'or, disparurent ensuite, ne laissant derrière eux que de gros canons de bronze braqués vers l'horizon.

Plus tard, ce furent les Hollandais, puis les Ottomans. Ces derniers, trop occupés en Méditerranée pour s'intéresser sérieusement au golfe Arabique, se bornèrent à installer de petites garnisons sur ses lisières occidentales, sans jamais approcher mon pays, et ils succombèrent à la torpeur des sables.

Des décennies s'écoulèrent encore.

Le XIXe siècle vit apparaître les Anglais. Les dirigeants de l'Indian Office prirent le Golfe et mon pays sous leur protection pour le compte de Sa Gracieuse Majesté. Et cela jusqu'en 1971.

Dans ces temps lointains, la tribu des Bani Yas – l'une des plus importantes de la Péninsule arabique – était elle-même composée de plusieurs tribus. C'est une histoire commune, plutôt que des liens du sang, qui les a unies. Originaires de la Péninsule arabique, mes ancêtres ont migré au début du XVIIe siècle vers le sud-est pour planter leurs tentes entre la côte, au Nord, et le Rub Al-Khali, le Quart vide, au Sud. Le Quart vide. Le Désert des déserts.

Fermez les yeux.

Imaginez des milliers et des milliers de plaines de sable, d'arbustes mangés par le soleil. Immensité effrayante où seuls les héros s'aventurent. C'est à l'orée de ce Quart vide, dans l'oasis de Liwa, que les Bani Yas firent halte, et c'est de ce lieu béni que tout est parti.

Al-Nahyan, Zayed, Bani Yas, Al-Dhafra, le « père de la gazelle ».

Ce soir, ces noms résonnent dans ma tête comme des tambours.

Je les entends, je les entends.

Ils m'ont accompagné dès le jour de ma naissance, ils seront présents à l'heure de ma mort.

Je me souviens de tout.

Nous étions des Bédouins. Nous le sommes restés au tréfonds de nous-mêmes. Chasseurs, chameliers, dresseurs de faucons, cheikhs, bergers, des gueux et des poètes aussi. La poésie ! Ah ! la poésie. J'ai tant aimé cet art. Dans mes moments de solitude, de chagrin ou de bonheur, des vers ont jailli spontanément de ma plume, telles des lucioles dans la nuit. Au fond, qu'est-ce qu'un poète sinon un homme qui, dans les ténèbres d'un monde insaisissable, entrevoit un peu mieux sa raison d'être et perçoit les lueurs de l'aube ?

Tendez l'oreille.

Écoutez ces vers psalmodiés, écrits et récités au cœur des caravanes. Observez les chameaux envoûtés qui alignent leur pas sur les rimes. Al-Taghrouda. C'est ainsi que nous nommons cette forme si particulière de poésie.

Aujourd'hui, mes frères ont troqué leurs pur-sang contre des Mercedes ou des Toyota, alors qu'auparavant, observateurs infatigables, ils se déplaçaient sans boussole, en se fiant à l'observation des étoiles et de l'environnement. Certains étaient même capables de reconnaître les traces de leurs chameaux dans le sable.

La télévision a remplacé les feux de camp. Et pour cause, j'ai hissé mon peuple vers la modernité, transformé des groupes disparates avec leur passé de rivalités, inégaux en taille et en richesses, pour les réunir en une seule nation. Et j'en suis fier, car nous avons la climatisation, nous voyageons par les airs, mais nos traditions séculaires demeurent, têtues.

Aux alentours de l'année 1855, lorsque mon grand-père Zayed le Grand fut désigné pour diriger le clan, il n'avait que vingt ans. Vingt ans, mais la sagesse et la clairvoyance d'un ancien. C'était un personnage unique. Dans les années qui précédèrent la Première Guerre mondiale, il fut, et de loin, le plus important et le plus influent des cheikhs de la côte et, tout au long de son long règne – cinquante-cinq ans –, notre pays a connu une période de prestige sans précédent. Pour gouverner, il ne se fondait pas sur la force, mais sur un subtil équilibre entre droits et devoirs. En plus de consolider sa propre position et de renforcer la sécurité intérieure, cet homme exceptionnel a aboli l'esclavage, encouragé l'instruction des filles, refusé de devenir un vassal des Turcs – même en échange d'une importante rétribution –, organisé des sentinelles de nuit et il a étendu son autorité sur de nombreuses tribus qui, jusque-là, étaient restées fidèles à ses rivaux. Réussir à fédérer des chefs qui aspiraient à demeurer maîtres d'eux-mêmes mais aussi de l'autre fut un exploit, dans cet univers si rude qu'est le désert, où la vie n'est avant tout qu'une lutte pour la vie.

Gens d'Occident, vous qui vivez sur des terres vertes, où la pluie abonde, où la faune et la flore sont à portée de votre main, vous ne pouvez imaginer ce qu'est le désert. C'est un milieu redoutable qui interdit toute faiblesse, où les rafales de vent sont si desséchantes que vos lèvres recroquevillées gercent et que vos cils envahis par des grains impalpables semblent se retirer et mettre à nu vos yeux contractés par la souffrance. Étrangement, c'est là que je me suis toujours senti le mieux. Chaque fois que mes responsabilités me l'ont permis, c'est au pied des dunes que je suis allé me ressourcer. Alors que je m'apprête à rendre mon âme au Tout-Puissant, j'ai encore une soif inaltérée de ces espaces où tout ce qui n'est pas nécessité devient superflu.

Dans ces temps anciens, nous étions partagés en deux communautés. Certains gardaient les troupeaux à l'intérieur des terres, d'autres, la majorité, fréquentaient la côte car on y avait découvert un trésor : les perles. Cinq mois par an, à partir de mars, jusqu'au milieu de l'été, les hommes partaient à bord de leurs sambouks, de frêles esquifs, à la recherche, selon l'expression du poète, des « larmes des dieux » ; souvent vers Al-Hirat, une chaîne d'îlots réputée pour la richesse de ses fonds. C'était l'époque de la grande prospérité.

Les plongeurs travaillaient toute la journée. Aidés d'une grosse pierre pour accélérer leur descente, ils étaient ramenés à la surface par une corde tirée par un haleur lorsqu'ils venaient à manquer d'air. Ils restaient entre deux et quatre minutes sous l'eau, le temps de ramasser, à l'aide de gants en cuir, des huîtres qu'ils entassaient dans un panier accroché à la taille. Leur équipement se résumait à une pince en os pour boucher leurs narines. La plongée répétée usait le corps. Tous ceux qui la pratiquaient souffraient de maux d'oreilles, quand ils ne devenaient pas sourds. Ils ne restaient pas longtemps sous l'eau, mais nombreux étaient ceux qui remontaient avec du sang qui leur coulait du nez. De surcroît, ils restaient endettés jusqu'à la fin de leur vie et, après leur mort, leur dette était transmise en héritage à leur famille. C'est cruel. Mais c'est ainsi. Mes pères n'avaient pas le choix. Il fallait vivre, survivre.

Un sourire me vient aux lèvres lorsque je repense à ces marins pour qui la mer, sœur du désert, n'était que mystères. Qu'y avait-il sous la surface ? Quel monstre ? Quel trésor ? Pourquoi l'eau était-elle salée ? D'où venait le vent ? Même les anciens ne connaissaient pas les réponses.

Les perles, mais aussi les dattes. Le Prophète – paix et prières soient sur lui – n'a-t-il pas affirmé : « Celui qui déjeune le matin de sept dattes, rien ne pourra lui nuire ce jour-là » ?

Mon grand-père, lui, s'intéressait passionnément à l'agriculture et à l'irrigation, conscient qu'elles étaient les clefs de notre survie. Dans un pays où l'eau manque cruellement, une idée vous hante : en trouver. C'est l'or du désert. C'est au moment où la dernière goutte roule sur vos lèvres que vous prenez conscience que la vraie valeur de la vie se mesure à l'aune de votre résistance à la soif. De l'eau, il y en avait à profusion dans l'oasis d'Al-Buraïmi. Un don du Tout-Puissant. Mais elle sommeillait sous les sables depuis des milliers d'années. Il fallait donc la désensabler, et ordonner son flux au creux de canaux. Les *aflaj*. C'est à quoi mon grand-père s'est consacré. Il ne lui fallut pas moins de dix-huit mois pour creuser le premier : le *falaj* Al-Jahili. Et plus tard, quand vint mon tour, j'ai poursuivi et développé son œuvre.

Au cours de ces longues années, je me suis souvent interrogé. Où ai-je puisé l'énergie nécessaire pour accomplir ce que j'ai accompli ? Bédouin avant tout, enfant du désert, n'ayant appris que tardivement et imparfaitement à lire, d'où m'est venue cette force mystérieuse ? On ne réussit de grandes choses que si l'on est inspiré par une force plus grande. Aujourd'hui au couchant de ma vie, je crois avoir trouvé la réponse : donner et aimer. Y a-t-il puissances plus incomparables que l'amour et le don ? Celui qui n'a jamais été pris de ces fièvres ne peut me comprendre.

En cette heure de ressouvenance, je pose par la pensée mon regard sur mes enfants. Des hommes aujourd'hui dont je suis fier. Sur mes épouses, la troisième en particulier. Ma bien-aimée Fatima, éclat de lumière qui illumina quarante-quatre ans de ma vie. Je vous en reparlerai sûrement.

Je songe aussi à ma mère, Salama, que Dieu ait son âme. Salama bint Butti, de la noble tribu des Al-Qubaisi.

Elle a su instiller dans mon cœur un principe immuable : ne jamais choisir la violence ; toujours préférer la paix au conflit, convaincue qu'elle était que c'est uniquement par le bien que l'on supprime le mal.

Est-ce un jour de printemps ou d'automne que ma mère nous a convoqués, mes trois frères et moi ? Drapée dans sa *kandoura*, l'air grave, elle nous a invités à nous asseoir et elle a déclaré : « Jurez, mes enfants, jurez de ne jamais vous entre-tuer, jurez-moi qu'aucun de vous ne versera le sang de l'autre. Jurez ! »

Nous avons juré. Et nous n'avons jamais failli.

Ce n'est pas sans raison que Salama exigea de nous ce serment. Après la mort de mon grand-père Zayed le Grand, notre famille a connu des déchirures, des nuits qui firent saigner la lune. Il y eut des deuils et des larmes. Et des chagrins plus profonds que la mer. Des pertes, comme celle de mon père qui me fut cruellement, violemment enlevé alors que j'avais tout juste huit ans. J'ai gardé la date en mémoire : 4 août 1926. Mais à quoi bon revenir sur le passé ? L'oubli est une grâce et il n'est pas bon de réveiller les spectres.

Aujourd'hui, voilà plus de trente ans que ma tendre Salama a été rappelée par le Créateur des mondes. Du ventre de ma mère, quand suis-je sorti ? Quel prince, quel émir, quel roi se déracine vraiment, définitivement de ce royaume-là ? J'ai la certitude que ceux qui n'ont jamais versé de larmes au souvenir de leur mère ne sont pas des hommes. À mon vieil âge, il m'arrive encore de me lover contre son souvenir. C'est en lui que je me ressource à l'heure où les étoiles se voilent et lorsqu'un chagrin m'envahit.

2

Il y a un temps pour toute chose
sous les cieux.

Oasis d'Al-Aïn, 15 septembre 1948

Moi, Wilfred Thesiger, lorsque je suis arrivé dans l'oasis ce jour-là, un soleil impitoyable écrasait de ses rayons le fort Al-Muwaiji. Une impressionnante enceinte carrée en pisé, bardée à chaque angle de tours saillantes et d'un imposant portail.

J'ai sauté au bas de mon chameau, épousseté ma tunique maculée de poussière et ajusté mon keffieh sur le crâne.

Dans le lointain, on entrevoyait le pic du mont Hafit, point culminant du pays.

Adossés contre l'un des murs du fort, des hommes étaient assis sur des tapis disposés à même le sable autour d'un personnage d'une trentaine d'années.

Barbe brune, visage carré. Il était vêtu d'une *dishdasha* blanche, d'un gilet négligemment ouvert sur la poitrine, et se distinguait de ceux qui l'entouraient par la cordelette noire de son turban, flottant sur les épaules, et non torsadé autour de la tête. Il avait un poignard à sa ceinture. Une cartouchière ceignait ses reins. Un fusil, sans doute un Lee-Enfield, était rangé à ses côtés.

Cheikh Zayed. C'est lui que je venais voir.

Frère cadet de Cheikh Chakhbout, qui dirigeait le pays, Zayed occupait depuis deux ans la fonction de gouverneur de la région d'Al-Aïn, à 160 kilomètres de la capitale – capitale dont la plupart des gens ignorent qu'elle est située sur une île : l'île du père de la Gazelle. Son prestige était grand auprès des Bédouins. Il passait pour un être simple. Et je savais qu'il était respecté tant pour sa sagacité que sa force physique. « Zayed, disait-on, connaît et monte les chameaux aussi bien que nous. C'est un excellent tireur et, de plus, il sait se battre. »

Je me suis présenté.

— *As-salam alaïkoum.* Je…

Il m'a aussitôt interrompu :

— *Alaïkoum as-salam.* Je sais qui tu es. Tu es anglais. Tu t'appelles Wilfred Thesiger. Tu es celui qui a osé braver le Désert des déserts et tu es en route pour Oman. Viens, assieds-toi. Bienvenue dans notre *barza.* Mon frère m'a prévenu de ton arrivée.

Barza… On disait aussi *majlis.* Une tradition ancestrale. Une parenthèse centenaire qui consiste à se réunir pour débattre de tout et de rien, et pour un cheikh, ou un souverain, c'était l'occasion d'une interaction entre lui et ses sujets.

À peine m'étais-je assis qu'un serviteur me présenta du café dans une minuscule tasse.

J'en ai profité pour confier :

— Cheikh Chakhbout m'a été d'un grand secours.

— Je ne suis pas étonné. Mon frère a le cœur sur la main. C'est un homme de bien. Ainsi, tu veux te rendre à Oman ? La région n'est pas sûre, tu en es conscient, je suppose. Tu cours de grands risques.

— J'en ai pris aussi lorsque j'ai traversé le Désert des déserts.

— Certes, mais la nature est parfois moins cruelle que les hommes. Pourquoi ces voyages ?

— Comme toujours, la curiosité. Mais, surtout, parce que je pense que tôt ou tard le monde nomade disparaîtra. Alors, je veux l'explorer, le raconter pour le sauver de l'oubli.

— Une noble intention. Mais tu t'attaques à des vastitudes. Une vie ne suffira pas.

J'ai approuvé en silence.

J'avais trente-huit ans. Né en Éthiopie où mon père représentait alors le Royaume-Uni, j'avais conservé de mon enfance une passion démesurée pour le nomadisme et le désert. Dès l'âge de seize ans, je m'étais juré d'y consacrer ma vie en arpentant sans relâche les coins les plus reculés de la Péninsule arabique, en prenant des notes, en couchant sur des feuilles mes impressions, en brossant les portraits des êtres que je croiserais. Bien sûr, je ne doutais pas que d'autres, un jour, m'emboîteraient le pas, et rapporteraient des renseignements plus utiles que les miens. Néanmoins, dans mon for intérieur, j'étais persuadé qu'ils ne seraient plus en mesure de saisir l'essentiel : l'âme secrète de ces pays. Elle aurait disparu.

Le serviteur nous resservit du café sans qu'aucun de nous deux n'en ait redemandé. Il en serait ainsi tant que nous n'aurions pas agité notre tasse dans la main droite.

Le cheikh reprit :

— On raconte que l'an passé tu as osé t'introduire dans le territoire de la tribu des Duru. Comment as-tu pu ?

— Je me suis fait passer pour un marchand syrien.

Zayed éclata de rire.

— Tu as eu de la chance. Moi, je ne me serais pas laissé prendre !

Changeant brusquement de sujet, il m'interrogea de nouveau :

— Connais-tu un dénommé Bird, un Anglais lui aussi ?

— Oui. Richard Bird. J'ai fait sa connaissance il y a trois ans, à Bahreïn. Il est le représentant de l'Irak Petroleum Company. Je sais qu'il habite actuellement non loin d'ici. Quand il a appris que je venais, il s'est proposé de m'héberger, mais j'ai refusé. Si l'on m'identifie à une société pétrolière, cela compromettra grandement mes chances d'entrer à Oman. Pourquoi cette question ?

— Parce qu'il est le premier à m'avoir parlé de toi. Je sais qu'il essaye d'obtenir de mon frère le droit de forer dans la région. Mais il a du mal. Le pétrole n'intéresse pas Chakhbout. Ou si peu. Lorsqu'un jour, tout heureux, des géologues britanniques lui annoncèrent qu'ils en avaient trouvé, il a grogné : « De l'eau ! Trouvez-moi de l'eau ! » Je le comprends. L'eau c'est la vie. Ce qui ne l'a pas empêché, juste avant votre grande guerre, de signer une autorisation de forage au bénéfice de PDTC[1]. Il leur a accordé un bail de soixante-quinze ans pour une somme de 115 000 roupies[2] par an. Les Britanniques exercent sur nous d'énormes pressions pour qu'on les autorise à creuser. Chakhbout n'y est pas vraiment opposé, mais il ne veut pas céder à n'importe quelles conditions et il préfère investir dans la prospection de puits artésiens et la construction de pipelines pour acheminer l'eau vers notre capitale qui est, comme tu le sais, une île.

Le cheikh désigna un point par-delà les palmiers.

— Il en a déjà fait construire un qui part d'Al-Saad, non loin d'ici. Ainsi les deux mille ou trois mille citoyens qui résident sur la côte ne risquent-ils plus de mourir de soif.

Il s'interrompit, tandis qu'un imperceptible sourire animait ses lèvres.

— Je soupçonne mon frère de posséder un flair très particulier. Figure-toi qu'avant de mettre en œuvre ce pipeline il a demandé conseil à des experts britanniques. La question qui se posait était simple : y avait-il suffisamment de réserves d'eau dans l'oasis ? Les ingénieurs ont suggéré à

1. Petroleum Development Trucial Coast. Le contrat fut signé le 14 janvier 1939.

2. Soit très approximativement 115 000 dollars.

Chakhbout de procéder à une étude du sous-sol avant d'amorcer le projet ; elle aurait permis de ne pas se lancer dans une entreprise qui risquait d'échouer. Sais-tu ce que mon frère a décidé ?

J'ai guetté la suite.

— Il s'est fié à son instinct. Il a passé outre les avis de ces gentlemen, a économisé les 10 000 dollars qu'aurait coûtés l'étude et ordonné la mise en chantier du pipeline. L'avenir lui donna raison. L'eau était bel et bien présente. À profusion. Étonnant, n'est-ce pas ? L'eau, te dis-je, l'eau est son obsession.

J'ai failli risquer un commentaire, mais ai jugé qu'il eût été déplacé.

Je connaissais bien Cheikh Chakhbout.

La première fois que je l'avais rencontré remontait à trois semaines, à qasr Al-Hosn. Un palais-forteresse construit sur le site de l'ancienne tour de guet ; la tour que l'on avait érigée à l'endroit où, il y a bien longtemps, un chasseur avait trouvé la mort près d'un puits : « le père de la gazelle ». Depuis plus d'un siècle Al-Hosn était devenu la résidence de la famille Al-Nahyan.

Un garde m'avait introduit dans une petite salle, où le souverain était réuni en compagnie de ses frères Hazza et Khalid. Hazza, plus jeune que Chakhbout de deux ans, approchait la quarantaine. Khalid devait avoir entre trente et trente-cinq ans.

Chakhbout se montra courtois, bien que quelque peu distant. Il s'exprimait d'une voix posée, se déplaçait lentement et paraissait contrôler avec vigilance un tempérament assez émotif. Mais, très vite, j'ai découvert chez lui un trait de caractère inattendu : l'humour. Un humour pince-sans-rire. Assez percutant.

Nous avions beaucoup parlé ce matin-là de tout et de rien. Entre autres du commerce des perles, Chakhbout se plaignant – à juste titre – des gigantesques profits que les Banians, les marchands indiens, se faisaient sur le dos des pêcheurs du pays. Une perle achetée à 2 668 roupies était réexportée de Bombay vers l'Europe à 400 000 roupies ! De surcroît, en tant que sujets britanniques, les Banians bénéficiaient notamment d'exemptions de droits dans les transports.

Ensuite, passant d'un sujet à l'autre, Chakhbout s'était étendu sur la guerre qui faisait rage en Palestine entre Juifs et Arabes après l'annonce de la création de l'État d'Israël, qu'il considérait comme une grande injustice infligée aux Palestiniens.

Au fil du dialogue, j'avais pu toucher du doigt la très grande méfiance que le cheikh ressentait à l'égard des « sept sœurs [1] ». Selon lui, la découverte du pétrole conduirait inévitablement à une perte d'identité, en cela nous partagions les mêmes craintes. Néanmoins, force était de reconnaître que cette méfiance était disproportionnée. En s'opposant systématiquement à tout changement, Chakhbout laissait le pays immobile. La capitale était réduite à un misérable conglomérat de *barastis*, des huttes

1. Surnom donné aux sept plus grosses compagnies pétrolières dès le milieu de 1940 jusqu'en 1970.

de palmes, construites au pied des dunes. Il n'existait pas la moindre route, pas d'hôpitaux, pas d'éclairage public, pas d'écoles, pas d'aéroport à part une modeste piste de sable sur l'îlot de Das et une casemate – création des Anglais pour les pilotes de la RAF. Le seul édifice à peu près digne de ce nom était qasr Al-Hosn. Et encore, il datait du XVIIIe siècle. Alors que grâce aux revenus pétroliers, les États voisins étaient en train de s'arrimer au XXe siècle.

Comme s'il avait lu dans mes pensées, Cheikh Zayed reprit la parole, mais sur un ton plus grave.

— En réalité, au-delà du pétrole, de l'eau et de tout le reste, il existe une vraie tragédie à laquelle nous sommes confrontés depuis la fin de la guerre.

Il se tut pour articuler en faisant la grimace :

— Kokichi Mikimoto !

J'ai cru avoir mal entendu.

— C'est à ce gentleman que nous devons tous nos malheurs actuels. M. Kokichi Mikimoto est l'inventeur de la perle de culture. Une invention qui a failli nous mener à la ruine. Quatre-vingts pour cent de nos revenus provenaient du commerce perlier. Depuis que les Japonais ont commercialisé leurs perles qui ne sont que du toc, nos sambouks ne voguent presque plus et nos pêcheurs sont dans la misère. Quelques-uns tentent de se reconvertir en manœuvres pour le chargement des bateaux, ou dans l'élevage ou dans l'agriculture ; les autres s'exilent, ils quittent notre pays pour tenter de survivre ailleurs. Quelle tristesse !

Zayed marqua une pause, agita sa tasse de café que cette fois le serviteur se hâta de récupérer.

— Chacun de nous, reprit-il, est porteur d'une ambition. Chakhbout porte la sienne ; d'autres en portent une autre. Pour ma part, je suis convaincu qu'il y a un temps pour toute chose sous les cieux. C'est affaire de patience.

Il répéta :

— Il y a un temps pour toute chose.

Soudain, un Bédouin d'un certain âge surgit du groupe et se campa tout net en face de nous. Après avoir frappé violemment le sol de sa canne, il s'écria :

— Alors, Zayed, qu'est-ce que tu comptes faire à propos des chameaux qu'on m'a volés ?

Zayed ne se montra nullement offusqué par cette manière si cavalière de l'apostropher. Au contraire. Une expression affable se dessina sur son visage et il attendit patiemment que l'homme finisse de plaider sa cause. Lorsque enfin il se tut, le verdict fut annoncé :

— Sois tranquille, mon frère. Nous châtierons le voleur lorsque nous l'aurons identifié. Entre-temps, je te dédommagerai. Pars en paix.

Un sourire de gratitude éclaira les rides de l'homme et, après s'être répandu en grâces et bénédictions, il repartit en clopinant.

— Trancher n'est pas toujours simple, expliqua Zayed. Parfois, un plaignant vient accuser un hors-la-loi de l'avoir dépossédé de ses bêtes. Le coupable peut d'ailleurs fort bien se trouver assis parmi nous. Dans le doute, je tente alors de ne pas offenser le hors-la-loi, ni de perdre ma réputation de justicier. Généralement, j'essaie de rendre un jugement satisfaisant pour les deux parties. Cela peut te paraître étrange, mais je préfère savoir les hors-la-loi à mes côtés plutôt que dans le camp de mes ennemis. Ainsi, je les ai à l'œil.

C'est à ce moment que j'ai avisé un autre personnage. Vêtu d'un habit déchiré, il avait une apparence étique, misérable, et portait en bandoulière un vieux fusil. Dans sa ceinture, une cartouchière vide, ainsi qu'un poignard dans un étui fêlé.

Cheikh Zayed s'exclama aussitôt :

— Bienvenue ! Longue vie à toi. Bienvenue, bienvenue cent fois.

Et, se penchant vers moi, il expliqua :

— Tu as sous les yeux l'exemple même de notre sens démesuré de l'hospitalité. Poussé à l'extrême il peut conduire à la ruine ! Autrefois, cet homme faisait partie des nantis de la tribu. Aujourd'hui, il ne lui reste plus que quelques chèvres et plus un seul chameau.

— Que leur est-il arrivé ? Sont-ils morts de maladie ?

— Non. Rien de cela. Mais chaque fois que quelqu'un venait lui rendre visite, Abdel Rahman, c'est son nom, n'imaginait pas le laisser repartir sans lui offrir un repas. Alors, il tuait un chameau pour le nourrir. Il a fini par y laisser tout son troupeau ! C'est ainsi. Pourtant, crois-moi, il est envié par nombre d'entre nous. L'hospitalité n'a pas de prix. Mais sois rassuré. Je veille à ce qu'il ne manque de rien.

Il changea brusquement de sujet.

— Tu m'as bien dit que tu avais refusé l'invitation de Bird ? Dans ce cas, ma demeure t'est ouverte. Tu seras chez moi comme chez toi. J'espère seulement que les gazouillis de mon nouveau-né, mon fils Khalifa, ne t'empêcheront pas de dormir.

— J'ignorais que vous aviez eu un fils. *Mabrouk !* Félicitations !

— Je te remercie. Il est né le 7 septembre. Il a tout juste une semaine.

Il se leva, récupéra son fusil et déclara :

— Viens. Je vais t'accompagner à ta chambre.

La nuit avait enveloppé l'oasis, et les murailles crénelées de qasr Al-Muwaiji faisaient penser à des dentelles de pierre.

Voilà un moment que Zayed et moi avions pris place dans une vaste salle nue. Le pâle éclairage était fourni par un générateur. À l'extérieur s'ébattait une gazelle. On nous avait servi un repas composé d'un abondant plat de viande et de riz, le tout accompagné de dattes et arrosé de lait aigre.

— Sais-tu que ce fort où nous nous trouvons actuellement a été construit il y a plus d'un demi-siècle par l'un de mes oncles, Khalifa. Quant à mon grand-père, il a bâti non loin de là qasr Al-Jahili. Et moi même, je suis en train d'en construire un troisième.

— Vous craignez donc tellement d'être attaqué ?

Zayed se raidit.

— Je ne crains personne, mon ami. Sauf le Créateur ! Mais toi qui connais cette partie du monde, tu sais combien elle est complexe, combien les clans sont fiers et prêts à tout lorsqu'ils estiment être dans leur bon droit. Mon grand-père a dû affronter des crises terribles. Il a même dû livrer des combats singuliers pour défendre notre pays. Ces forts ne sont que des bâtiments défensifs. Ils sont là pour protéger les nôtres de certains de nos voisins qui ont des vues sur Al-Buraïmi[1]. Pour ce qui me concerne, jamais je ne ferai la guerre. La guerre est semblable à une botte de foin : une fois qu'elle a commencé à rouler, elle emporte tout sur son passage ! Il n'est qu'à voir celle qui s'est déroulée chez vous, en Europe. Elle a provoqué les plus grandes destructions que l'humanité ait jamais connues. Dois-je aussi te rappeler que la violence est contraire aux principes de l'islam qui appelle à la tolérance et à la compassion ? Dans le Coran il est écrit : « Quiconque tue intentionnellement un croyant, sa rétribution alors sera l'Enfer, pour y demeurer éternellement[2]. »

Et sa voix s'enflamma :

— Si un jour le destin m'accordait de jouer un quelconque rôle je consacrerais tous mes efforts, et toutes les capacités dont Dieu m'a doté, pour défendre à tout prix la paix et venir en aide aux pauvres et aux nécessiteux.

1. Trois cents kilomètres sur cent, située dans le nord-est du pays, cette zone et surtout ses ressources pétrolières ont longtemps attiré sur elle les prétentions de l'Arabie Saoudite et de Mascate.

2. Les sourates sont issues de la version du Coran traduite par Denise Masson, publié dans la Bibliothèque de la Pléiade en 1967.

Dans la foulée, il se lança dans un monologue où il était question de l'avenir, de la présence anglaise qui, à ses yeux, était indispensable car les accords signés avec le Royaume-Uni offraient à son pays dépourvu d'armée une protection militaire. Il estimait toutefois que tout pouvait se faire et se défaire en un battement de paupières et il conclut avec une pointe d'ironie :

— Heureusement, grâce aux Anglais, nous connaissons la sécurité.

Il précisa :

— Il fut un temps où de petits cheikhs installés sur les côtes avaient pris goût au commerce de l'or et des perles qu'ils transportaient aux Indes sur des boutres. Comme ils se livraient à de véritables combats navals dans le détroit d'Ormuz, s'attaquant même aux bateaux occidentaux, en particulier aux Anglais, ceux-ci décidèrent d'y mettre fin. En 1853, ils envoyèrent quelques canonnières dans le Golfe et imposèrent aux cheikhs un « traité de paix perpétuelle ». À partir de ce jour cette côte devint la « côte de la Trêve » et une petite force armée britannique, les Éclaireurs, fit régner de nouveau le calme sur la région.

J'avais effectivement entendu parler de ce « pacte ». Il stipulait entre autres que l'Angleterre s'engageait à protéger les États signataires contre toute attaque maritime ou terrestre ; d'où la remarque de Zayed. Il allait de soi qu'en agissant ainsi le Royaume-Uni renforçait son influence sur l'ensemble de la région et freinait les convoitises des autres puissances.

Le dîner s'achevait, Zayed avala une dernière datte et annonça :

— Il se fait tard. Avant de nous séparer j'aimerais te montrer quelque chose.

Il m'entraîna dans la cour et, au bout de quelques mètres, pointa du doigt un véhicule. Une Land Rover Series deux portes, de couleur vert-de-gris.

— Je viens de l'acquérir. Elle sort tout juste de l'usine. Bien sûr, rien ne remplacera jamais le plaisir incomparable de chevaucher un cheval ou un chameau, mais nous devons tout de même mettre à profit les avantages que le XXe siècle nous offre. À titre d'exemple, grâce à cette voiture je peux me rendre chez mon frère en trois heures. Ce qui est un gain de temps non négligeable.

Alors que le cheikh s'exprimait, la phrase qu'il avait prononcée quelques heures auparavant me revint tout naturellement à l'esprit : « Il y a un temps pour toute chose sous les cieux. »

3

Toute ma vie, j'ai rêvé, éveillé.

Que la terre de Dhafra soit arrosée par mille pluies abondantes !
Que les herbes de Baynouna deviennent luxuriantes.
Et que de copieuses averses en remplissent les ruisseaux.
Que le sable se couvre d'herbe et soit lieu de pâturage
Que prospèrent les demeures des Bédouins.
Que l'eau du ciel se répande aussi dans l'est du pays.
Que les vallées débordent.
Que l'eau, en torrents, dévale les pentes des montagnes
Que l'affamé trouve pain à suffisance
Que les charnelles transportent les belles en cortèges
Celles dont la vue dissipe tout souci.
Marchant devant vous précautionneusement
Elles vous font oublier le monde et ses habitants
Celles qui répondent à l'appel de l'âme en tourments
Et à son mal apportent le remède
Insigne beauté vénérée de tous

Que manquera quiconque voudrait la décrire
Leur discours est beau et bien construit
Dicté par un esprit lucide et éloquent
Leur charme est en elles préservé
Couvert de beaux habits ornés de brocart.

Je ne sais plus ni quand ni où j'ai écrit ces vers. Sans doute un soir, après avoir contemplé mes rêves qui prenaient forme, ces maisons qui sortaient de terre, ces palmiers qui jaillissaient des sables. Nous rêvons tous, mais pas de la même façon. Il y a ceux qui rêvent la nuit. Plongés dans le sommeil, ils se voient gravir des sommets et caresser les étoiles. Mais lorsque vient l'heure du réveil, ils constatent que ce n'étaient que des images. Ensuite, il y a les autres, ceux qui rêvent éveillés en plein jour. Méfiez-vous de ceux-là ! Car leurs rêves sont des projets et leurs projets, tôt ou tard, deviennent réalité.

Toute ma vie, j'ai rêvé, éveillé.

Et même, en ce moment précis, alors que j'entrevois la fin du voyage, cela m'arrive encore. Ce sont des visions différentes. Elles ne sont plus d'ordre terrestre mais spirituel et m'amènent à me poser les questions que tout être à l'approche du dernier soir se pose : après ? Qu'y aurait-il après ? Que trouverais-je ?

Il est écrit : « Il y aura là des ruisseaux d'une eau jamais malodorante, et des ruisseaux d'un lait au goût inaltérable, et des ruisseaux d'un vin délicieux à boire, ainsi que des ruisseaux d'un miel purifié. Et il y a là, pour eux, des fruits de toutes sortes, ainsi qu'un pardon de la part de leur Seigneur. »

J'y crois.

De tout mon être je crois.

Je crois en ce lieu final où tous les êtres de bonne volonté se retrouveront, sans distinction de races, de couleurs, de croyances, tous unis à leur Créateur en un flamboyant bouquet. Je crois qu'il n'y aura plus d'injures, de violence ni de misère. La respiration des parfums embaumera nos narines. Ce jour-là, l'homme aura cessé d'être le pire ennemi de l'homme. Les femmes humiliées recouvreront leur dignité. Elles marcheront, tête haute, fières, dans une gloire restituée. Les enfants martyrs seront consolés. Et les fleuves souillés, les rivières salies, les terres brûlées retrouveront leur pureté, leur beauté première, celle des premiers temps, quand notre planète n'était encore qu'un vaste jardin d'Éden.

Je rêve, éveillé. Et je crois.

Je crois que je reverrai mon père, perdu beaucoup trop tôt. Et ma mère. Et ceux que j'ai tant aimés.

Sans ces convictions, que nous resterait-il, sinon la désespérance ? Et je ne crois qu'en l'espoir.

J'aimais bien Moubarak bin London. C'est ainsi que mes amis et moi avions surnommé Wilfred Thesiger. Un personnage assez étonnant, d'un grand courage et surtout d'un grand respect à notre égard, nous, les Arabes. J'avoue que je fus très ému lorsque j'ai appris par la presse qu'il était mort, l'an passé[1]. Qu'Allah ait son âme. Il avait quatre-vingt-treize ans. C'est un âge où notre marge de vie ne se compte plus en années, mais en mois, en jours, en secondes, et il faut rendre grâce au Créateur pour chaque minute supplémentaire qu'Il nous accorde et à laquelle, théoriquement, nous n'avons plus droit.

Je me souviens encore de la réponse de Bin London le jour où je lui ai demandé la raison de ces voyages. « Parce que je pense que tôt ou tard le monde nomade disparaîtra. Alors, je veux l'explorer, le raconter pour sauver sa mémoire de l'oubli. »

Sur le moment, je n'ai pas réagi. J'aurais pu lui répliquer qu'il ne devait avoir aucune crainte pour nous, les Bani Yas. Nous, les gens du pays de la Gazelle, possédons une grande capacité d'adaptation : nous sommes à la fois pêcheurs et bergers. Nomades et sédentaires. Donc, notre monde ne pouvait pas disparaître, quels que soient les progrès qui surviendraient. La preuve : nous sommes toujours là alors que les siècles ont soufflé sur nos cheveux gris.

Lorsque nous avons abordé le sujet de la « protection britannique », après l'accord signé par les États de la Trêve, je n'ai pas non plus jugé utile de développer. Wilfred était anglais. J'aurais pu l'offenser. S'il est évident que les Britanniques furent pour nous d'une aide précieuse, je garde en mémoire qu'ils se sont montrés très arrogants à l'égard de mon grand-père Zayed le Grand. Lorsqu'un jour ce dernier souhaita adopter un nouveau

1. Le 24 août 2003.

drapeau reflétant la prééminence des Bani Yas, il se vit opposer sèchement une fin de non-recevoir par le major Cox, l'agent britannique. De même, quelque temps plus tard, ce même major refusa à mon grand-père, sous de fallacieux prétextes, qu'un membre de sa famille résidât sur une île située à quelques kilomètres de notre capitale. Sans compter qu'ils auraient pu apprécier et saluer le rôle déterminant qu'il joua à cette époque pour que perdure la paix entre les tribus, ainsi que sa capacité à résoudre les conflits par la patience et le dialogue. Il y eut bien d'autres vexations, mais il serait vain d'y revenir.

Les Britanniques, pour lesquels je continue de conserver une certaine admiration, étaient alors les maîtres du monde, ou presque. Pourquoi se seraient-ils privés de l'affirmer ? C'est ainsi que se meut la politique. Mais il me semble qu'elle ne devient grande que lorsqu'elle écoute les petits. En revanche, j'ai tiré un enseignement de cette période. Pour ne pas perdre son identité, pour conserver son honneur, pour résister aux coups de boutoir d'ennemis potentiels et à la gourmandise des puissants, une nation doit être unie, ne former qu'un seul bloc. Divisée, elle est menacée, alors que dans l'union elle devient une prière, le cœur et l'âme en fusion.

*

La première fois que j'ai voyagé hors des pays arabes, ce fut en janvier 1946. Hazza et moi avions été missionnés par Chakhbout pour nous rendre en Inde afin de résoudre un problème qui affectait grandement notre économie déjà bien moribonde. Les autorités indiennes avaient instauré une taxe douanière sur les importations perlières ; pénalité qui venait s'ajouter à la concurrence grandissante de la perle de culture. À la différence de Dubaï, qui avait réussi à s'imposer comme le port le plus actif du Golfe dans l'import-export, notre source de revenus la plus importante, sinon la seule, restait le commerce des perles et l'Inde notre plus gros client. Nous devions essayer de négocier avec le gouvernement britannique une réduction de cette taxe.

J'étais heureux de partager ces instants avec mon frère. C'était un personnage sensible. Plein de ressources. Chakhbout l'avait nommé *wali*, délégué. Il le représentait dans l'ouest du pays. Lui et moi avions la même passion pour la chasse au faucon. Je ne compte pas les heures que nous avons partagées dans le désert, les nuits à discuter sous les étoiles, de nous, de notre famille, de l'avenir du pays. Nous étions inspirés par le même sens de l'honneur et le même amour pour notre frère. Et nous gardions gravé dans nos cœurs le serment fait à notre mère.

Le 12 janvier, nous avons embarqué à bord d'un vapeur qui reliait Dubaï à Karachi. C'est non sans un mélange d'excitation et d'appréhension que j'abordais ce voyage. D'abord parce que je n'avais navigué que trop peu sur nos sambouks et pour le simple plaisir, et parce que je n'avais jamais pris de train, ni d'avion.

Mon frère et moi avions des cabines séparées, confortables, mais loin d'être luxueuses ; ce qui me convenait parfaitement. Je ne suis pas né dans le luxe. Mes vêtements n'étaient pas de soie. Je n'ai jamais aimé les apparats. J'ai toujours préféré aux ors des palais l'intimité d'une chambre dépouillée. La mienne aujourd'hui est toujours aussi sobre.

Au cours de cette longue traversée qui nous menait à Karachi, j'ai mis à profit mes heures d'oisiveté pour parfaire mon apprentissage de la lecture. Dès mon plus jeune âge, un oncle m'y avait initié en m'apprenant la Fatiha[1]. Je devais avoir entre sept et neuf ans. C'est dans le Coran que j'ai découvert l'alphabet. Quoi de plus normal, puisque ce Livre sacré occupe depuis près de mille quatre cents ans une place prédominante dans mon cœur et celui des miens. Ne dit-on pas que c'est aux alentours de l'an 630 que les gens de la région reçurent du Prophète – paix soit sur lui – une missive dans laquelle il leur enjoignait d'abandonner l'idolâtrie pour ne vénérer qu'un Dieu unique ? Ce qu'ils firent. Les saints versets furent mes premières lectures.

En ce mois de janvier 1946, j'allais sur mes vingt-huit ans et j'estimais qu'il était temps que je maîtrise mieux cette science, à l'instar de Chakhbout qui, lui, lisait couramment les journaux anglais et arabes. Hazza et Chakhbout avaient eu l'opportunité d'étudier dans la capitale, sous l'égide de l'imam responsable de la mosquée d'Al-Seer. Ce ne fut pas mon cas. Car si je suis né à qasr Al-Hosn, j'ai grandi à Al-Aïn.

1. La sourate d'ouverture du Coran.

Plus tard, je me suis passionné pour les écrits d'Al-Mutanabbi que l'on surnommait le « prophète autoproclamé ». Il est à mes yeux un maître du verbe et je le considère comme l'un des plus grands poètes des lettres arabes et très certainement comme le plus majestueux d'entre eux. Il possédait une extraordinaire capacité à décrire les émotions et une compréhension profonde de la vie. Ses vers sur la nature humaine et les fluctuations de la chance sont devenus des sources de sagesse qu'il m'arrive encore de citer.

Mais est-ce uniquement pour ses qualités de versificateur que je l'ai tant apprécié ? Je crois que c'est plutôt sa volonté farouche de se libérer des dogmes qu'il voyait comme des instruments d'oppression. L'homme était complexe, je l'admets, capable de flatter servilement les puissants, alors que, dans le même temps, il pouvait faire montre d'une impertinence rare à leur égard. Pour preuve, cette phrase lapidaire adressée à un monarque dont j'ai oublié le nom : « Recevez les éloges que je puis vous donner, ne me forcez pas à vous décerner ceux que vous méritez ! »

Il est probable que la mort d'Al-Mutanabbi fût causée par son orgueil démesuré. Agressé par des brigands comme il se trouvait au sud de Bagdad, sa première réaction fut de fuir. Alors, on lui rappela l'un de ses vers :

Les chevaux, la nuit et le désert savent qui je suis
De même que l'épée, le parchemin, et le calame.

Il se décida à affronter ses agresseurs et perdit la vie.

Une fois arrivés à Karachi, Hazza et moi avons dû patienter quarante-huit heures avant de gagner New Delhi, notre destination finale. Nous en avons profité pour faire un bref tour de la ville et visiter l'Empress Market, le marché aux légumes. À en croire nos guides, Karachi était « l'épicerie de l'Inde » et son marché, le plus grand du monde. Je n'ai eu aucune peine à les croire. J'étais ébloui par toutes ces épices qui faisaient penser à la palette géante d'un peintre invisible. Des kilomètres de soieries, des amandes, des centaines de fruits, des plus exotiques aux plus communs, des baguettes d'encens, des poissons, de la viande, le tout côtoyant des tissus bariolés et des babioles en tous genres. Par ailleurs, la ville possédait déjà un réseau ferroviaire et des rues pavées. J'ai chuchoté à mon frère : « Un jour, nous ferons encore mieux chez nous. » Il a plongé ses yeux dans les miens et m'a dit : « Grâce à tes efforts, *Inch' Allah*. »

Nous nous sommes envolés pour New Delhi alors qu'il tombait des cordes. Un véritable déluge. J'avais connu des pluies chez nous. Elles pouvaient être aussi intenses, mais extrêmement rares. Un avion nous attendait. Un bimoteur de l'Imperial Airways. Dans l'instant, je me suis demandé comment une telle masse était capable de s'élever dans le ciel. Et puis j'ai pensé aux faucons. Ma passion. À leur virtuosité, à la vitesse prodigieuse avec laquelle ils fondent sur leur proie : pas loin de 200 kilomètres à l'heure ! Toutes proportions gardées, si un oiseau de près d'un kilo pouvait voler, alors pourquoi pas un avion ? Ce n'était donc pas une affaire de poids. Le raisonnement était simpliste, je l'avoue, mais avant de monter dans cet appareil cela a eu pour avantage de me rassurer.

Douze ou treize heures de vol ? Je ne sais plus. Il me souvient seulement qu'entre la fumée des cigares, des pipes et des cigarettes, coincé dans un fauteuil avec pour seul horizon une carlingue, un bout de ciel à travers un hublot, j'étais au bord de la crise de nerfs. Pour me calmer, j'ai fermé les yeux et je me suis transporté à Al-Aïn, allongé sous les palmiers frémissant sous le vent. L'imaginaire a ceci d'extraordinaire qu'il nous permet de nous déplacer à notre guise, de retrouver ceux qu'on aime, de caresser la joue de l'absente, de serrer dans ses bras l'amour lointain. Dans cet avion, c'est vers ma terre que je me suis réfugié.

— Zayed ! Réveille-toi, nous sommes arrivés !

La voix de Hazza m'a tiré de mon rêve.

Nous venions d'atterrir à Safdarjung Airport, à une heure de voiture de New Delhi. Dès l'arrêt des hélices, deux petits escaliers mobiles vinrent s'accoler à la carlingue. Un Indien barbu, le crâne masqué sous un turban, s'est avancé vers nous. Tout sourire, main largement tendue, il s'est présenté :

— Vikram Tejpal, chef du protocole. Au nom du gouvernement, je vous souhaite la bienvenue en Inde !

Une voiture officielle nous attendait. Une magnifique Mercedes. Quelques minutes plus tard nous étions en route pour les bureaux anglais. C'était l'époque où le Royaume-Uni administrait directement la majeure partie de l'Inde, tout en contrôlant le reste du pays par des traités signés avec les dirigeants locaux. C'était aussi l'époque où le nom d'un personnage extraordinaire était sur toutes les lèvres : Mohandas Gandhi. Qu'on avait surnommé le Mahatma, la « Grande Âme ». Il avait déjà transformé le Parti du Congrès en un mouvement de masse pour combattre la domination coloniale britannique. Lorsque j'ai interrogé Vikram à son sujet, il m'a confié qu'il avait été libéré de prison deux ans auparavant à cause de sa santé déclinante. Craignant que l'Inde entière ne se soulève, les Britanniques ne voulaient pas qu'il meure derrière les barreaux. Je n'ai donc pas pu le rencontrer. Combien je l'eusse souhaité.

Le chemin jusqu'aux bureaux anglais fut pour le moins agité. Les chauffeurs klaxonnaient avec frénésie et donnaient de grands coups de volant pour éviter in extremis des cyclistes, ou des charrettes tirées par des bœufs. Mais nous sommes arrivés sains et saufs à destination.

Le bilan de notre séjour ne fut pas réjouissant. Lorsque deux jours plus tard nous avons quitté Karachi, nous éprouvions une réelle frustration. Nous n'avions obtenu que des promesses. En vérité, en entamant ce voyage, je n'espérais rien. Chakhbout m'avait mis en garde : les Anglais pouvaient se montrer intraitables. Il en savait quelque chose, lui qui passait ses journées à négocier avec eux.

Alors que nous remontions à bord du vapeur pour Dubaï, j'ai pensé à la tâche qui m'attendait. Quelques semaines auparavant, Chakhbout avait pris la décision de faire de moi son délégué officiel à Al-Aïn. Gouverneur de l'oasis. Il me faisait là un grand honneur.

4

> On ne triomphe de la nature qu'en lui obéissant.

Vous ignorez qui je suis.

Retenez simplement mon prénom. Je m'appelle Farès. D'aussi loin que je m'en souvienne, je fus toujours proche de Zayed. Il était mon ami. Nous étions complémentaires. Là où je voyais la mer, il voyait un bateau. Là où je ne voyais que le vide du désert, lui voyait la vie.

Je suis issu d'une famille modeste, né dans un village dont le nom importe peu. Je m'appelle Farès. Et je ne me souviens plus de mon âge.

À quelques pas de moi, Zayed se tenait à moitié dressé sur Ghazala, sa chamelle préférée. À en croire certains, elle était la plus belle de toute la Péninsule.

Un shahin, un magnifique faucon pèlerin, était posé sur son *mangalab*, un épais gant de cuir. Tête fine, dos gris foncé, un ventre couleur sable ; des pattes jaune vif et des ailes longues, pointues, bec et yeux noirs. Une splendeur.

Thesiger s'était rangé entre le cheikh et moi.

Zayed enleva prestement le chaperon en cuir qui recouvrait les yeux du shahin et, aussitôt, dans un froissement soyeux à peine perceptible, l'oiseau déploya ses ailes. Le faucon prit son envol et fila vers sa proie : une outarde houbara au pelage moucheté de raies d'un brun sombre. Elle avait repéré la mort à ses trousses. Étant donné sa taille, ce devait être un mâle adulte. Soudain, alors que le faucon amorçait son piqué, elle sema un liquide huileux.

Je n'en fus pas étonné. L'outarde houbara projette cette sécrétion bizarre sur son assaillant dès qu'elle se sent en danger. Si cette sécrétion atteint les yeux du shahin, elle l'aveugle momentanément, et si elle touche ses ailes, alors elles s'engluent et il est obligé de revenir se poser.

Zayed, fasciné, gardait les yeux rivés sur le combat qui se déroulait au-dessus de nos têtes. Un spectacle à la fois magique et émouvant. Le faucon, transformé en lion ailé, et l'outarde, telle une chauve-souris qui, aveuglée par la lumière, se serait cogné la tête contre les parois invisibles du ciel.

Tout avait commencé trois jours plus tôt lorsqu'un Bédouin avait fait irruption au milieu d'une *barza* et annoncé avec fièvre :

— Zayed, j'ai aperçu des outardes houbara près d'Al-Yahar, ce matin !

Un large sourire avait aussitôt éclairé le visage du cheikh.

Il s'était enquis :

— De combien de faucons disposons-nous ?

— Trois, le tien inclus, avait répondu le Bédouin.

— Très bien. Nous partirons demain à l'aube !

Et, s'adressant à Thesiger, il avait demandé :

— As-tu déjà assisté à une chasse au faucon ?

L'Anglais avait secoué la tête.

— Alors, tu viens avec nous !

Le lendemain matin, Zayed en personne avait organisé chaque détail en vue de l'expédition – car c'en était une : les vivres, l'eau, les besaces, l'état des chameaux – et passé les trois faucons en revue. L'un d'entre eux – sans doute en période de dressage – avait encore les yeux cousus : sa paupière était maintenue close grâce à un fil de coton.

— Ôtez-lui le fil, avait ordonné le cheikh.

Le deuxième, un tiercelet, avait une plume cassée. Avec une parfaite maîtrise, il l'avait réparée à l'aide d'une attelle faite de deux éclats de corne de gazelle. Le soleil était à mi-parcours lorsqu'il avait donné le signal du départ. Suivi d'une dizaine de Bédouins, il avait enfourché Ghazala, et ce fut au trot, au rythme de la *wanna*[1], que nous avions pris la direction du nord.

Nous avions cheminé jusqu'à la tombée de la nuit dans un fouillis de dunes parsemées d'arbrisseaux. Et lorsque

1. Poésie bédouine déclamée par une seule personne ou par deux, emplie de tristesse et de mélancolie.

le couchant avait commencé à noircir le paysage, nous avions mis pied à terre. On coupa des branchages, on les entassa pour faire des brise-vent et on alluma un grand feu. Déjà l'air du soir était glacial. Deux lapins servirent de repas.

À la lueur tremblotante des flammes, nous nous ressemblions tous. Visages hâlés, yeux noirs, traits burinés et colliers de barbe. Jumeaux de nos aïeux, frères du désert. Si le bonheur eut un visage, ce soir-là, ce fut celui de Cheikh Zayed.

Après avoir virevolté, le faucon s'était adapté à la trajectoire de sa proie. Il se replaça plus ou moins à l'horizontale, plongea en piqué et, avec une vitesse foudroyante, percuta l'outarde. À moitié assommé, l'oiseau chuta, tomba comme une pierre et heurta le sol dans un bruit sourd.

— Il l'a eue ! cria une voix.

Zayed fut le premier à lancer sa chamelle à travers les dunes. Nous lui avons emboîté le pas. Nous dévalions, gravissions les versants, franchissions les replets. Assez rapidement, nous avons atteint l'endroit où l'outarde, foudroyée, s'était affaissée. Le faucon, affamé, était déjà occupé à la lacérer. L'un des hommes se laissa glisser sur le sol et, d'un coup sec, fendit son crâne et en donna la cervelle au faucon. Celui-ci se jeta littéralement dessus et la dévora en quelques bouchées. Ensuite, nullement rassasié, il chercha à engloutir le reste de l'oiseau. Trop tard. L'un des chameliers l'avait déjà enterré sous le sable. Il n'était pas question que le shahin mange à sa faim. Une fois repu, il s'envolerait et on ne le retrouverait plus.

Zayed ramena le faucon sur son *mangalab*.

— Joli combat, dit-il en se tournant vers l'Anglais.

— Cette forme de chasse est vraiment votre passion.

— Certainement. Je devais avoir sept ou huit ans quand j'y ai été initié par mon père. Capturer une proie dans un duel, à armes quasi égales, est un plaisir bien plus incomparable que de l'abattre lâchement d'un coup de fusil. D'ailleurs, c'est l'une des raisons pour lesquelles je ne chasse plus de cette manière. L'autre est liée à ma crainte de voir déstabilisé le milieu naturel. À user à outrance d'armes à feu, on pourrait aisément faire disparaître des espèces, telles les outardes, en quelques années. Il faut leur laisser une chance.

J'ai commenté à l'intention de Thesiger :

— Une houbara est capable d'assommer un shahin d'un seul coup d'aile. C'est rare, mais j'en fus témoin.

Zayed reprit :

— D'ailleurs, mon cher Moubarak, ce n'est pas une simple chasse, c'est tout un art. Peux-tu imaginer la patience dont il faut s'armer pour apprivoiser un faucon ? Ce sont des heures et des jours de travail. On commence par l'apprivoiser à la lumière d'une bougie, ou dans la pénombre, on le déchaperonne, et on le caresse doucement. Le dresseur le sollicite par des onomatopées.

Zayed s'interrompit pour pousser de petits cris qui ressemblaient à des « hech, ha, hech ».

Puis il enchaîna :

— Une fois dans les airs, ce sont ces cris qui ramèneront le faucon à son maître. Le plus important est de le rendre dépendant. Il faut aiguiser son appétit, flatter son goût avec de petits bouts de viande ; juste ce qu'il faut afin qu'il s'habitue à revenir vers son dresseur pour obtenir sa récompense et finisse par perdre l'envie de s'échapper. Pendant toute la durée du dressage, fauconnier et faucon ne se quittent pas un seul instant. Partout où il va, le dresseur emporte l'oiseau. Quand il prend ses repas, le faucon est perché sur son poing. Quand il dort, l'oiseau se tient sur un perchoir, tout près de son lit. Il doit sans cesse le caresser, lui parler, lui mettre et lui enlever son capuchon.

Zayed se tut brièvement avant de reprendre :

— En vérité, les faucons sont comme les hommes qu'un vieux dicton compare à des coffres scellés : seule l'expérience peut les ouvrir.

Il marqua une nouvelle pause, son regard se perdit dans le lointain.

— Je vais te faire plaisir, dit-il en s'adressant à Thesiger, et abonder un peu dans ton sens. Je suis un farouche partisan du progrès. J'aspire à voir mon pays entrer un jour dans la modernité, mais j'ai conscience aussi que ce bouleversement posera des problèmes : pollution de la terre et de la mer, dégradation des espaces naturels, destruction des sites qui abritent les espèces sauvages. Les houbara, comme les faucons, risqueront eux aussi de souffrir. C'est pourquoi, si nous souhaitons laisser notre planète aussi bonne ou meilleure que celle que nos ancêtres ont trouvée, nous devrons faire montre de prudence. On ne triomphe de la nature qu'en lui obéissant.

En l'écoutant, moi, Farès, je me suis dit que mon ami ne cesserait jamais de me surprendre. Nous étions en 1948, il était gouverneur d'une oasis d'environ 300 kilomètres sur 100, et voilà qu'il se projetait un demi-siècle plus tard, porteur de craintes que même Thesiger n'eût pas envisagées.

Zayed avait-il un don de voyance ?

Non. Il lisait dans les lignes du sable.

*

Thesiger demeura près d'un mois auprès nous, à Al-Aïn.

Tous les matins, il allait retrouver le cheikh qui présidait sa *barza* sous un arbre à l'extérieur du fort et les deux hommes restaient à bavarder jusqu'à l'heure du déjeuner. Bien évidemment, ils étaient fréquemment interrompus par des visiteurs venus d'ici ou là ; certains ne se présentant uniquement que pour lui réclamer un cadeau.

Le mois d'octobre étant bien avancé, Thesiger décida de se rendre dans la capitale avant d'entreprendre son périple omanien. Décision sage, estima Zayed, qui se proposa de le faire conduire jusqu'à la côte dans sa Land Rover. L'Anglais refusa. Il préférait s'y rendre à dos de chameau pour retarder le moment de la séparation d'avec ses compagnons.

— Alors je mets un guide à ta disposition et je te prête Ghazala !

— Vous ne feriez pas cela ! s'exclama Wilfred, abasourdi.

— Si ! Ainsi, tu pourras dire que tu as monté la plus belle chamelle du monde ! Et tous les Bédouins t'envieront.

Wilfred, ému, s'inclina en mettant sa main sur le cœur.

— Certes. Mais je leur dirai surtout que j'ai rencontré Cheikh Zayed.

5

> Le progrès n'est que le remplacement d'un problème par un autre.

Al-Aïn, 27 janvier 1950

— Zayed, nous manquons d'argent, et surtout de matériel pour effectuer les travaux de creusement. J'ai bien peur que nous ne puissions mener à bien ton projet.

En guise de réponse, le cheikh, qui venait de prendre place dans sa Land Rover, lança à son interlocuteur :

— Je serai de retour dans quelques jours.

Le véhicule démarra et prit la direction du littoral. Pour ceux qui connaissaient bien le personnage, il était évident qu'il était de méchante humeur. Il roula à fond de train jusqu'à ce qu'il fût arrivé devant l'entrée d'Al-Hosn.

Flanqué aux quatre coins d'une tourelle, de trois tours carrées crénelées et d'un porche surmonté d'un dôme, le bâtiment dominait un paysage fantomatique. Quelques huttes de palmes, une centaine de maisons en pisé qui faisaient songer à un hameau plutôt qu'à la capitale d'un émirat. Non loin, on entrevoyait quelques sambouks qui erraient sur la mer et des pêcheurs qui halaient leurs filets sur la grève.

Zayed descendit du véhicule, salua les gardes en faction et, après avoir traversé une immense cour, il entra dans l'aile droite du bâtiment, remonta un long couloir et une enfilade de pièces. Au moment où il s'apprêtait à franchir le seuil de l'une d'entre elles, il aperçut un homme aux cheveux roux et en uniforme de l'armée britannique qui en sortait. Il n'eut aucun mal à le reconnaître : c'était Harris Denis Mitchell, le représentant de Sa Majesté George VI chargé des relations entre les États de la Trêve et le Royaume-Uni. Lorsqu'il fut à la hauteur de Zayed, Denis Mitchell s'arrêta et mit sa main sur le cœur en s'inclinant.

— *Marhaban*, articula-t-il avec un accent arabe des plus approximatifs.

— Comment allez-vous, monsieur Mitchell ?

— Très bien, Cheikh Zayed. Enfin, aussi bien que possible. S'il n'y avait ces soucis frontaliers, j'irais certainement beaucoup mieux.

Zayed hocha la tête d'un air entendu.

— Oui, je comprends. Mais il n'existe pas de problème sans solution puisque la solution est en nous.

L'Anglais fit la moue. Manifestement, la réponse n'était pas pour le satisfaire.

— Permettez-moi de prendre congé. J'ai une longue route jusqu'à Dubaï.

— Que Dieu vous accompagne, monsieur Mitchell. Nous nous reverrons sûrement.

L'Anglais salua et partit à longues enjambées vers la sortie.

Zayed le suivit quelques instants du regard avant d'entrer dans la pièce que l'agent venait de quitter. C'était un lieu modeste éclairé par une seule lucarne à travers laquelle s'insinuait un fragile rayon de soleil. Des tapis couvraient le sol. Le mobilier se résumait à une banquette alignée contre l'un des murs, garnie de quelques coussins polychromes, à deux sièges et à un bureau en bois derrière lequel un homme était assis, visage penché sur un journal.

La première chose qui frappait, c'était la pâleur de son visage. Il avait le corps frêle, les traits fins et réguliers, ornés d'une barbe noire soignée et de grands yeux sombres. Dès qu'il aperçut son visiteur, un large sourire anima ses lèvres.

Chakhbout, c'était lui, se leva spontanément et se précipita vers son frère pour le saluer nez contre nez selon la coutume avant de le serrer dans ses bras.

— Sois le bienvenu !

Il frappa dans ses mains.

Comme par enchantement, un serviteur apparut.

Chakhbout ordonna :

— Un café, et que l'on prépare le dîner.

Il indiqua un siège.

— Prends place, je t'en prie.

Cheikh Zayed s'exécuta, tandis que son frère s'installait en face de lui.

Il observa d'une voix teintée de mélancolie :

— Je suis si heureux de te voir. Je devrais venir te rendre visite plus souvent à Al-Aïn, d'autant que c'est là que je me sens le mieux.

— Ai-je besoin de te dire que tu es chez toi à Al-Aïn ? Comment te portes-tu ? Comment va notre mère ?

— Notre mère, que Dieu la garde, est en bonne santé. Quant à moi, je n'en sais rien. Voilà un bout de temps que je ne prends plus de mes nouvelles. La vue baisse, j'ai mal aux os. J'aurais quarante-cinq ans dans trois mois !

— Allons ! Tu es un jeune homme ! Et ton épouse Cheikha Mariam ?

— Elle attend un enfant. Et mon neveu, et tes deux épouses ?

Le serviteur était revenu armé de deux petites tasses et d'une *dallah*, une cafetière au long bec verseur recourbé qui embaumait la cardamome.

Il servit le café et se retira respectueusement.

— Hassa, ma première femme, a eu de petits soucis de santé, dit Zayed, mais tout va bien. Mon fils Khalifa grandit trop vite.

Sans transition, il annonça :

— Je viens de croiser Denis Mitchell. Il avait l'air soucieux.

Chakhbout leva les bras au ciel.

— Toujours cette dispute entre nous et nos voisins. Elle n'a pas de fin !

Zayed hocha la tête. L'objet du désaccord entre les deux pays était Al-Buraïmi. Et lui ne pensait qu'à une seule chose : éviter à tout prix les effusions de sang. Un Arabe ne pouvait ni ne devait verser le sang d'un Arabe.

— Patience, dit-il. Le droit finit toujours par l'emporter.

Chakhbout porta la tasse à ses lèvres. Les deux hommes poursuivirent leur échange jusqu'au moment où Zayed se décida à aborder la raison de sa visite :

— Mon frère, permets-moi de te parler à cœur ouvert.

— N'est-ce pas toujours le cas ? Je t'écoute.

Le cheikh se leva, défroissa de la paume un invisible pli sur sa *dishdasha* et arpenta le bureau, l'air grave.

— Tu n'es pas sans savoir qu'Al-Aïn et le Liwa sont les seules régions de notre pays cultivables toute l'année. Elles sont donc totalement tributaires des eaux qui se déversent du mont Hafit. Cette zone doit être canalisée, notre grand-père – Dieu ait son âme – l'avait déjà compris. Depuis la crise financière qui nous a frappés – je parle bien sûr de la dégradation du commerce perlier –, nous avons été dans l'incapacité d'entretenir, faute de moyens, les canaux existants. D'où l'assèchement de certains *aflaj* et la saturation d'autres, obstrués par des sédiments. Or, depuis quelque temps, nous possédons de nouvelles ressources qui…

Chakhbout l'interrompit :

— Tu veux parler du pétrole.

— Cent quinze mille roupies par an grâce au contrat avec PDTC. Ne crois-tu pas que nous pourrions faire bon usage de ces rentrées ?

Chakhbout afficha un air las.

— Je suis en plein conflit avec cette compagnie pétrolière. Les dirigeants cherchent à m'escroquer et leur représentant, un certain Longrigg, menace de me traîner en justice.

— Pour quelles raisons ?

— Une autre fois. Revenons à tes reproches. N'ai-je pas fait construire un pipeline entre Al-Aïn et ici ? Et j'envisage de commander deux unités de désalinisation. J'ai aussi demandé à un architecte anglais de me dessiner le plan d'un port.

— Oui, mon frère, je suis au courant. Nous devions lui régler les 25 000 dollars qu'il réclamait. Il est reparti avec ses plans sous le bras. Il nous faut des routes, des écoles, des dispensaires et des hôpitaux. Nous aurions aussi besoin d'un conseiller financier, et de collaborer avec des banques.

Chakhbout balaya l'air de la main.

— Le conseiller financier qu'on m'a proposé était un étranger ! Je ne veux pas que des étrangers mettent le nez dans les affaires de notre pays. Quant aux banques, j'ai récemment accepté de souscrire un compte. Ce qui ne m'empêche pas de les tester et de m'assurer que mon argent est disponible à toute heure.

— Les tester ?

Il esquissa un sourire espiègle.

— Oui. Après avoir fait un important dépôt en espèces, j'ai exigé dès le lendemain qu'on me le restitue. Et le banquier – bien que quelque peu contrarié – s'est exécuté.

Chakhbout plongea ses yeux dans ceux de son frère puis, d'une voix chargée d'émotion, reprit :

— Je suis inquiet, Zayed. Je ne veux pas que mon pays perde son authenticité. Tous les jours on me rebat les oreilles avec ce mot : « progrès », « progrès » ! Qu'est-ce que le progrès ? L'évolution de l'individu ? Ou seulement celle des biens matériels ? Moi, je dis que ce que l'on appelle le progrès n'est que le remplacement d'un problème par un autre. Nous avons parfaitement vécu pendant deux siècles sans voitures, ni routes, ni électricité, rien qu'avec notre savoir-faire, nos traditions. Pourquoi cet entêtement à vouloir changer les choses ? Oui, je sais, tu vas me rétorquer que nos voisins ont une école, un dispensaire. D'accord. Mais pourquoi copier ce que font les autres ? Et puisque tu me parles d'écoles : à quoi servirait d'en construire puisque nous n'avons pas de professeurs.

Et sans laisser à Zayed le temps de répliquer, il poursuivit :

— Oui, je t'entends. Tu vas me dire que nous pourrions en faire venir de l'étranger. Je refuse. L'enseignement est chose sacrée et ne doit être prodigué que par des gens de chez nous.

Il prit une courte inspiration.

— Tu veux savoir ce qu'est le progrès à mes yeux ? Un danger qui menace notre identité, notre authenticité.

Un silence pesant s'instaura avant que Zayed ne reprenne la parole.

— Et qu'en pensent Hazza et Khalid ?

— Veux-tu que je te réponde franchement ? Je sens que nos frères me désapprouvent, mais ils me soutiennent. Et toi ?

Le serviteur leur resservit du café et chuchota presque :

— Le dîner est prêt.

Et comme son frère ne répondait toujours pas, Chakhbout réitéra sa question.

Zayed fit un pas vers lui. Il le prit dans ses bras. Le baisa sur le front.

— Tu es mon aîné et tu es notre chef. En tant que frère, je te dois mon amour et ma loyauté. En tant que citoyen, je te dois mon respect. Et il en sera ainsi toujours. Aussi longtemps que le Créateur des mondes nous prêtera vie.

6

L'eau et l'air sont la propriété de tous les êtres.

Chakhbout fut certainement sensible à cette discussion, puisque deux semaines après notre rencontre il m'accorda les moyens de commencer mes travaux.

De tout temps, l'accès à l'eau fut un privilège. À Al-Aïn, il était réservé aux familles de notables. Les autres n'en bénéficiaient qu'à hauteur de leurs modestes moyens. Ce que je considérais comme profondément injuste. L'eau devait être accessible à tous, riches et pauvres. J'étais déterminé à mettre un terme à cette situation.

Avant toute chose, je décidais de récurer les canaux d'irrigation encombrés par des éboulis de pierres, ou engorgés de sable. Il s'agissait d'une entreprise complexe, d'autant que nous ne disposions pas d'outillage moderne. Ce fut long, ardu. Ce travail achevé, il apparut que le débit serait nettement insuffisant pour répondre aux besoins de toute la population. Que faire, sinon trouver de nouvelles sources d'approvisionnement ? Une fois encore, la dure réalité s'imposa : le manque d'équipements adéquats.

— C'est triste. Mais un vase ne peut répandre que ce qu'il contient. Et le nôtre est vide.

C'était mon ami Farès qui venait de s'exprimer ainsi.

J'ai répliqué :

— Tu es trop pessimiste, mon frère.

— Et toi, Zayed, trop optimiste. Je t'ai observé hier. Je suis resté sans voix. À l'aide d'une branche, tu étais en train de tracer des formes sur le sable, et je t'entendais parler tout seul. Tu disais : « Ici, un jour, il y aura une école, là un hôpital, là une autre école. » *Majnoun !* Nous manquons d'eau, mais ton cerveau est noyé.

— Que veux-tu : l'optimiste rêve pour oublier, le pessimiste oublie de rêver.

J'ai désigné un espace empli de palmiers et j'ai déclaré en appuyant sur les mots :

— Oui. Ici, un jour, il y aura une école, là un hôpital.

— Tu es incorrigible !

— Non, mon ami. J'ai la solution. Puisque nous ne possédons pas d'outils efficaces, nous utiliserons ceux que la nature nous a donnés. Nous ferons appel à tous les hommes de bonne volonté et nous irons chercher l'eau là où elle nous attend : dans les nappes phréatiques. Une fois que le puits mère aura été creusé et l'eau atteinte, nous le relierons par des canaux. Ainsi, nous constituerons un réseau.

Farès porta la main à son front.

— *Ya Allah !* Tu n'es pas sérieux, Zayed. Sais-tu ce que cela signifie ? Creuser une quarantaine de mètres de profondeur dans un sous-sol raviné et sans lumière. C'est impossible !

— Pas si tous les hommes en état de travailler y participent.

— Mais nous n'avons pas une roupie pour les rémunérer !

— Ils travailleront gratuitement. Je les convaincrai.

— Comment ?

— En leur expliquant que ce projet est dans leur intérêt. Que, grâce à lui, ils n'auront plus à craindre la sécheresse, ni pour eux, ni pour leurs enfants, ni pour leurs bêtes. Moyennant une infime redevance, qui sera aussitôt réinvestie dans la création de nouveaux *aflaj*, cette eau extraite des profondeurs de la terre deviendra le bien commun de tous les habitants.

Le silence retomba, à peine perturbé par le bruissement du vent dans les palmes.

— Très bien, soupira mon ami. Si tu avances, tu es mort. Si tu recules, tu es mort aussi. Alors pourquoi reculer ?

Le jour même, je me suis rendu auprès de mes concitoyens, dans chaque maison, auprès de chaque chef de famille, et je leur ai exposé mon projet. Ils n'eurent pas besoin de se concerter. Leur réaction fut unanime.

— Gratuitement ! Travailler gratuitement ? Tout labeur ne mérite-t-il pas salaire, Zayed ?

— Êtes-vous payés pour respirer ? L'eau et l'air sont la

propriété de tous les êtres. Voyez plutôt les bénéfices que vous et vos familles tireront de ces nouveaux canaux.

— Mais personne ne s'est lancé dans une telle entreprise ! Elle est bien trop difficile à réaliser ! Nous n'avons pas la compétence pour la mener à bien.

Le débat s'éternisait jusqu'au moment où Farès s'écria :

— Mes frères, ce n'est pas parce que les choses sont difficiles que nous n'osons pas, c'est parce que nous n'osons pas qu'elles sont difficiles. Allons ! Où est passée votre fierté de Bédouins ? Où est votre courage ? Votre ténacité ?

Les mots de mon ami ont certainement dû les toucher dans ce que nous avons de plus sensible : l'amour-propre. Ils acceptèrent de relever le défi.

J'ai confié aux habitants d'Al-Aïn la mission de creuser le puits mère et de percer Al-Sarouj, le canal. Selon les plans que j'avais prévus, l'eau devait s'écouler dans ce *falaj* puis passer dans des canaux auxiliaires, à des horaires précis et à intervalle régulier. Le but était de distribuer à tout le monde et à parts égales le précieux liquide, moyennant une infime redevance. Hélas, l'équité n'a pas duré. Les familles les plus riches s'empressèrent d'acheter les plus grandes quantités d'eau pour les revendre deux ou trois fois plus cher aux plus démunis. Et ceux qui n'avaient pas les moyens de payer s'en trouvaient tout simplement privés.

Il n'est pas dans mon caractère de m'emporter. Mais comment aurais-je pu me maîtriser devant ce que je considérais comme étant un acte de piraterie. Durant des jours et des jours je me suis efforcé de raisonner les responsables de ce détournement. En vain. À leurs yeux, ils commerçaient et aucune loi ne pouvait les en empêcher. Alors, en désespoir de cause, j'ai pris une décision draconienne. J'ai réuni les notables et je leur ai annoncé :

— À partir de maintenant, l'eau d'Al-Sarouj sera exclusivement réservée aux pauvres. Ceux qui font des fortunes sur le dos du malheur n'y auront plus droit.

J'ai ajouté :

— Vous vous contenterez de puiser dans les anciens *aflaj*. Vous n'aurez pas une goutte de plus. Quant à moi, je renoncerai à la redevance que je perçois et je demanderai à ma famille et mes amis qu'ils en fassent autant.

J'ai eu droit à de hauts cris et un torrent de protestations. Mais insensiblement, les nantis prirent conscience que, tôt ou tard, ils risquaient de ne plus avoir suffisamment de quoi s'abreuver ou cultiver et mirent fin à leur trafic.

Et c'est ainsi que l'accession à l'eau pour tous fut instaurée, sans restriction aucune.

7

> C'est de nos différences que doit
> naître le lien qui unit les hommes.

Paris, 22 août 1951

J'eusse préféré que ce voyage fût uniquement d'agrément. Malheureusement, nous nous étions déplacés, Chakhbout et moi, pour régler un différend qui nous opposait depuis des mois à la compagnie pétrolière PDTC.

Un an auparavant, lorsque j'avais rendu visite à mon frère pour lui exposer mes griefs, il avait partiellement évoqué le problème, tout en refusant de me communiquer les détails. J'en savais plus depuis.

L'affaire était à la fois simple et compliquée.

En 1939, Chakhbout avait octroyé à la compagnie pétrolière PDTC une concession. En vertu de l'article 2 de cet accord, cette concession incluait « la totalité des terres relevant de son autorité et leurs dépendances, ainsi que toutes les îles et les eaux territoriales ». Mais voilà qu'en 1945 un nouveau concept du droit international avait vu le jour à l'instigation des États-Unis : le concept « offshore ». Il stipulait que les ressources des fonds marins situées en haute mer, mais contiguës aux côtes d'un pays, étaient propriété de ce pays. C'est-à-dire, bien au-delà de la limite traditionnelle des 3 miles, ou 5 kilomètres, instaurée jusque-là.

Informé de cette nouvelle donne, Chakhbout s'était empressé – à juste titre – d'étendre notre juridiction sur cette partie dite « offshore ». La réaction des dirigeants de PDTC fut immédiate : ils considérèrent que cette nouvelle zone s'inscrivait d'office dans l'accord signé en 1939 avec mon frère. Or, à cette date, le concept « offshore » n'existait pas. Non seulement Chakhbout rejeta la demande de PDTC, et il en avait pleinement le droit, mais il accorda en décembre 1950 la concession offshore à une autre société, la Superior Oil of California. PDTC a naturellement contesté la décision et l'affaire devait être soumise à un arbitrage, à Paris. D'où notre présence dans la capitale française.

Le juge chargé de trancher s'appelait lord Asquith, un sexagénaire, fils d'un Premier ministre anglais, personnage d'une grande distinction. Je m'étais renseigné sur lui et j'avais confiance. Lors de ces précédents jugements, l'homme s'était montré d'une sagesse et d'une probité exemplaires.

Le 28 août, soit une semaine après notre arrivée à Paris, mon optimisme allait être confirmé. Lord Asquith se prononça en notre faveur. PDTC ne pouvait exiger aucun droit au-delà de la limite territoriale traditionnelle des 3 miles. La partie offshore nous appartenait donc et nous étions libres de la céder à qui bon nous semblait. Chakhbout et moi étions soulagés, bien que la description que lord Asquith fit de notre pays en introduction de son verdict me chagrinât un peu : « Pays vaste, primitif, pauvre et peu peuplé… »

Lors de mon séjour, je me suis plus d'une fois demandé pour quelle raison on appelait Paris la Ville Lumière. C'est M. Stephen Chapman, l'un des avocats anglais qui nous défendaient, qui m'a fourni l'explication. Il semblerait que sous le règne du roi Louis XIV, des milliers de lanternes à bougie et des flambeaux furent placés dans les rues et sur les façades, sur ordre du chef de la police de Paris. Le fonctionnaire souhaitait ainsi améliorer la sécurité dans les rues la nuit afin de dissuader les brigands de s'en prendre aux passants. C'est à partir de ce moment que les visiteurs de passage, impressionnés par cet éclairage public qui, apparemment, était une première mondiale, attribuèrent à la capitale ce surnom de Ville Lumière.

Du haut de la tour Eiffel, le spectacle était assez extraordinaire. J'ai dévoré des yeux chaque parcelle. Mais je suppose que ceux qui me voyaient me trouvaient aussi « extraordinaire » dans ma tenue bédouine, la tête couverte d'un keffieh. Je n'ai pas oublié l'expression des passants lorsqu'ils m'ont vu descendre les Champs-Élysées.

Partout, j'étais source d'étonnement. Il n'est pas impossible que pour ces Parisiens j'étais un personnage sorti des pages des *Mille et Une Nuits* et qu'une Schéhérazade m'attendait quelque part. Chaque contrée possède ses mœurs, et sa culture. Et chacune inspire le respect. La pire des attitudes qui soient n'est pas de porter tel ou tel vêtement, ou de vivre de telle ou telle manière, non, la pire des attitudes est de chercher à imposer à autrui son mode de pensée. C'est de nos différences que doit naître le lien qui unit les hommes, car c'est ainsi que Dieu les a voulus : différents.

La visite du Louvre fut aussi pour moi un grand moment de fascination. Lorsque j'ai pénétré dans l'enceinte, ce fut comme si j'entrais de plain-pied dans l'histoire universelle des hommes. Des civilisations antiques orientales, égyptienne, grecque, étrusque, romaine, des arts graphiques et des arts de l'islam. De salle en salle, l'ancien palais royal m'a dévoilé ses chefs-d'œuvre. Tout naturellement, comment aurais-je pu ne pas me laisser à rêver qu'un jour, nous aussi, nous pourrions bénéficier d'un lieu aussi prestigieux pour le bien-être de notre peuple[1].

Lors de notre séjour, je m'étais lié de sympathie avec le ministre français des Affaires étrangères, M. Schuman. Un homme d'envergure. Il m'a appris qu'il existait en

1. Cheikh Zayed aurait-il pu imaginer que, treize ans après sa mort, son vœu serait exaucé et que le 8 novembre 2017 serait inaugurée une succursale du Louvre dans son pays ?

France depuis près d'un siècle une administration chargée d'éviter que des mères, trop misérables pour garder leurs enfants, ne les abandonnent. On leur accordait des secours en argent, en linge, en vêtements ou en les aidant à payer des nourrices. Des sages-femmes étaient aussi appelées à visiter les futures mamans à leur domicile afin de les assister pendant l'accouchement. Depuis près d'un siècle aussi on avait amélioré les moyens de chauffage des hôpitaux, la ventilation, les bains, et substitué aux lits en fer des lits en bois. Des châteaux d'eau avaient été érigés aux quatre coins de la ville, afin que l'usage de l'eau courante soit généralisé. Plus de 62 écoles avaient été créées en moins de huit ans capables d'accueillir plus de 17 000 enfants et à la nuit tombée l'éclairage public s'allumait en moins de trente minutes. Enfin, au cours de la même période, de larges avenues bordées d'arbres étaient apparues. D'après M. Schuman, toutes ses transformations étaient le fait d'un seul homme. Le premier président de la République française. Louis-Napoléon Bonaparte. Et je me suis dit que ce qu'un dirigeant avait pu accomplir par sa seule détermination une centaine d'années plus tôt, nous pouvions nous aussi le réaliser. Il suffisait de le vouloir.

8

> Les missions impossibles sont les
> seules qui sont vouées au succès.

Quelque part dans le désert, le 6 février 1954

J'ai stoppé la Land Rover au pied d'une dune, entre deux véhicules ; l'un appartenant à un cheikh de la région, l'autre à Farès, l'ami.

On suffoquait, alors que l'hiver était là. Mais le soleil têtu continuait de darder ses rayons sur l'immensité ondulante. J'étais accompagné par mon fils Khalifa, qui entrait dans sa sixième année.

Non loin, chevauchés par des adolescents, une douzaine de dromadaires au pelage roux blatéraient, piaffaient, en ordre plus ou moins dispersé. À la différence des chameaux, les dromadaires, eux, sont aptes à la course. C'étaient de grandes bêtes élancées ceinturées sous le ventre, le museau aux aguets. Certaines avaient sur le dos une petite couverture bariolée ; d'autres une toile écrue.

Leurs propriétaires les tenaient par une mince cordelette. Ils les avaient nourris, entraînés et soignés en vue de ce jour faste. Une course de 8 kilomètres à travers les sables.

Légèrement en retrait, les pères des adolescents, mais aussi d'innombrables spectateurs venus des villages environnants, attendaient fiévreusement que je donne le signal du départ. Après avoir récupéré mon fusil, je me suis glissé hors de la Land Rover et, suivi par mon fils, je me suis rendu à l'endroit où les dromadaires étaient rassemblés. Je suis passé d'un concurrent à l'autre, flattant l'encolure d'une bête, la croupe d'une autre et encourageant les cavaliers qui se tenaient fièrement sur leur petite selle en bois. Je ne doutais pas que mon geste fût apprécié.

Désignant la bosse d'un dromadaire, mon fils m'interrogea :

— C'est là qu'il garde l'eau en réserve ?

— Ah non ! Seuls les gens d'Occident le pensent. Ce n'est pas une réserve d'eau mais de graisse. Très riche en minéraux, elle lui permet de tenir près de trois semaines sans manger ni boire, car cette graisse produit aussi de l'eau. Mais après une longue période de jeûne, il peut boire jusqu'à cent litres ! D'ailleurs…

— Alors, Zayed ! nous interrompit l'ami Farès. Tu ne veux toujours pas admettre que c'est mon fils qui remportera la course ?

— Tu veux rire ? sur ton âne ?

J'ai pris Khalifa à témoin :

— Regarde son dromadaire : il n'a plus d'âge, il a les oreilles trop courtes, les jarrets tournés en dehors et trop saillants en arrière, son encolure est imparfaite et sa peau ressemble à du vieux cuir !

Et j'ai ajouté :

— Aucune chance !

— C'est ce qu'on verra !

J'ai reculé d'un pas, ai brandi mon fusil, attendu que les cavaliers alignent leurs bêtes – ce qui n'était pas une simple manœuvre – et, l'arme vers le ciel, j'ai tiré.

Dans l'instant, ce fut comme si le désert tout entier se soulevait. Les dromadaires éperonnés filèrent telles des flèches, droit devant. Aussitôt, nous nous sommes rués vers nos voitures. Très vite, l'aiguille du compteur a frôlé les 60 kilomètres à l'heure.

J'ai ordonné à mon fils :

— Accroche-toi !

À peine ai-je prononcé cette mise en garde que, pour le plus grand bonheur de Khalifa, la Land Rover a bondi d'un mètre et que les roues avant se sont élevées dans les airs en dévalant une dune.

J'aperçus dans le rétroviseur le véhicule de Farès qui me collait au train. Les autres Bédouins galopaient dans notre sillage du plus vite qu'ils pouvaient. Des cris, des exhortations se mêlaient aux vrombissements des moteurs, et le désert vibrait.

Bientôt, le poteau qui signalait la ligne d'arrivée apparut. Dans un ultime déferlement, les trois premiers dromadaires la franchirent. Les autres déboulèrent à leur tour.

J'ai pilé. Et c'est à pied que nous nous sommes dirigés vers un vieux Bédouin qui se tenait depuis le début de la course près du poteau. Bien évidemment, Farès s'empressa de nous emboîter le pas.

Le vieux Bédouin me salua nez contre nez.

J'ai demandé :

— Alors ?

— Le numéro six. Je…

Le Bédouin n'acheva pas sa phrase, interrompu par le cri de triomphe de Farès.

— Qu'est-ce que je t'avais dit ? Mon fils !

Il se pencha vers Khalifa et répéta les propos que je lui avais tenus :

— « Il n'a plus d'âge, il a les oreilles trop courtes, les jarrets tournés en dehors et trop saillants en arrière ! » Si les faucons, les êtres, les chevaux n'ont aucun secret pour ton père, moi, je m'y connais en dromadaires !

Je n'ai pu retenir un éclat de rire.

— Tu as raison, mon ami. Félicitations ! Manifestement, la chance t'a souri : elle a transformé ton âne en pur-sang.

Sans plus attendre, j'ai récupéré une enveloppe de ma *kandoura*, alors que les pères des deux garçons qui avaient remporté la deuxième et la troisième place se présentaient devant moi, front levé, regard fier.

J'ai distribué une première somme au troisième, puis au deuxième, mais lorsque j'ai voulu remettre celle qui revenait à Farès, il la déclina.

— Répartis-la entre eux, dit-il en désignant les pères. Moi, Allah m'a comblé.

J'ai approuvé, en précisant :

— Mais tu ne m'empêcheras pas d'accorder un présent à ton fils.

Nous nous sommes installés sur le sable, tandis que les autres formaient une ronde autour de nous. C'est à ce moment qu'un cavalier déboula.

— Zayed, déclara-t-il le visage trempé de sueur, il y a un étranger qui vient de débarquer. Il est arrivé à bord d'un navire militaire. Il souhaitait rencontrer votre frère, Cheikh Chakhbout, mais celui-ci a dû se rendre dès l'aube à Dubaï. Il te prie de vérifier les intentions de cet homme.

Trois heures plus tard, j'arrivais dans la capitale.

Un bateau était amarré à quelques mètres de la côte, mais il n'avait rien d'un navire de guerre. Il s'agissait d'une embarcation d'une cinquantaine de mètres de long, toute blanche, avec une coque en bois et une ligne de flottaison noire. Des tas d'équipements bizarres étaient répartis ici et là. Deux détails éveillèrent ma curiosité : une sorte de grosse boule, blanche elle aussi, surplombait la passerelle et, ce qui pour moi était une révélation, un petit hélicoptère posé sur une rampe de lancement à la poupe.

— Je vois que ma *Calypso* vous intéresse ?

Je me suis retourné. Un homme d'environ quarante ans était là, filiforme, le visage osseux, avec de petits yeux bleus cerclés de lunettes en métal, le crâne caché sous un bonnet rouge. Il s'était exprimé en anglais, mais avec un fort accent que, sur le moment, je n'ai pas su identifier.

À ses côtés, il y avait une femme plus jeune. Blonde, au physique agréable. Tous deux portaient des paniers en palmes tressées emplis de fruits et de légumes.

— Je me présente, reprit l'homme qui m'avait interpellé. Je suis le commandant Jean-Yves Cousteau.

Il enchaîna en montrant sa compagne :

— Mon épouse, Simone.

À cette époque, la maîtrise de la langue anglaise m'échappait, mais j'arrivais à comprendre et me faire comprendre.

J'ai demandé :

— Commandant ? Vous êtes donc un militaire.

Il me corrigea :

— Ancien militaire. J'étais dans les forces navales françaises pendant la guerre de quarante.

— Vous êtes donc français…

— Totalement. Né à Saint-André-de-Cubzac. Vous ne connaissez pas, j'imagine. C'est une commune du sud-ouest de la France. Avez-vous déjà visité notre pays ?

— Absolument. Mon frère Cheikh Chakhbout et moi avons eu l'occasion de nous y rendre il y a un peu plus de deux ans. J'en ai gardé un merveilleux souvenir.

La femme fit de grands yeux.

— Vous êtes le frère du cheikh ?

J'ai confirmé.

— Étonnante coïncidence. Nous avions justement l'intention de lui rendre visite, mais malheureusement on nous a dit qu'il était absent.

Cousteau s'exclama :

— Vous seriez donc Zayed ? Cheikh Zayed ?

J'ai de nouveau acquiescé.

— Je suis très honoré, reprit le Français. On m'a beaucoup parlé de vous. Et de votre frère, bien sûr. Savez-vous que les fouilles que je vais entreprendre vous concernent indirectement ? Nous avons des intérêts en commun.

— Je ne comprends pas.

Le commandant pointa du doigt le bateau qui avait jeté l'ancre au large.

— Faites-nous l'honneur de vous inviter à bord, nous vous expliquerons.

Nous avons pris place dans un canot pneumatique et, quelques instants plus tard, nous étions sur le pont de la *Calypso*. L'équipage me souhaita chaleureusement la bienvenue. Le couple leur confia les sacs de provisions et je le suivis vers une pièce que l'on m'indiqua être le « grand carré », meublée d'une banquette, d'une table et de tabourets.

Cousteau annonça avec un sourire :

— Notre palais. C'est ici que nous nous réunissons pour prendre les grandes décisions. Installez-vous, je vous prie. Désirez-vous boire quelque chose ? Une boisson fraîche ?

J'ai demandé de l'eau.

Simone, l'épouse, extirpa d'un petit frigo deux bouteilles d'eau minérale et récupéra deux gobelets qu'elle posa sur la table, devant moi.

— Je vous laisse, dit-elle, j'ai du travail qui m'attend.

Elle me salua et s'éclipsa.

— Et maintenant, ai-je demandé, si vous m'expliquiez ?

— Bien sûr. Mais je vous préviens, je risque d'être long.

Et ce fut long en effet. J'ai conservé l'essentiel en mémoire.

Très jeune, le Français avait développé une passion pour la photographie sous-marine. Mais évidemment, par manque d'oxygène, il lui était impossible de rester bien longtemps sous l'eau. Avec la complicité d'un ami ingénieur, il avait eu l'idée de développer un appareil respiratoire : l'aqua-lung. Ou « poumon aquatique ». Il permettait à un plongeur de respirer sous l'eau pendant plus de deux heures. L'invention stimula plus encore l'intérêt de Cousteau pour le tournage sous-marin et la recherche d'épaves ou de sites archéologiques. Mais qu'est-ce qu'un plongeur sans bateau ? En 1950, il avait fini par trouver l'embarcation idéale, un ancien dragueur de mines de la Royal Navy, utilisé comme ferry. Le propriétaire l'avait nommé *Calypso*. Malheureusement, Cousteau n'avait pas les moyens de l'acheter et ce fut l'un de ses amis qui s'en est rendu acquéreur et qui le lui a loué pour un franc symbolique par an. Les travaux de conversion furent financés par des sociétés privées, la marine française et par les Cousteau eux-mêmes. Et les bijoux appartenant à madame furent aussi mis à contribution.

C'est à ce stade du récit que j'ai compris pourquoi le Français avait évoqué « nos intérêts communs ».

En 1950, à la suite du litige qui nous avait opposés à la compagnie pétrolière PDTC, mon frère avait cédé la zone offshore à la Superior Oil of California. Mais deux ans plus tard, la Superior Oil avait décidé de se retirer du golfe Arabique, laissant à Chakhbout toute liberté pour attribuer la concession à qui bon lui semblerait. En 1953, il avait choisi l'Anglo-Persian Oil Company qui allait très vite devenir BP, la British Petroleum. La compagnie s'était engagée contractuellement à entreprendre un certain nombre d'explorations sous-marines avant la fin du mois de mars 1954. Nous étions en février.

Parmi les défis que devait relever BP, il y avait la collecte d'échantillons de roche à des profondeurs allant jusqu'à 250 pieds. Or aucun matériel de plongée existant ne le permettait. C'est alors qu'un géologue travaillant pour la compagnie anglaise songea à Cousteau. Ce dernier venait de publier un livre qui avait eu un succès mondial : *Le monde du silence.* En utilisant la *Calypso* et l'aqua-lung, on pouvait obtenir des cartes et des échantillons de roche des fonds marins pour moitié moins que le coût des plates-formes habituelles d'exploration en mer. Un émissaire de BP s'était alors rendu auprès de Cousteau et lui avait proposé de venir prospecter dans un pays nommé « le père de la gazelle ». Simone avait aussitôt demandé : « C'est où ? » Ce qui m'a fait sourire. Dans ces années-là nous étions connus sous le nom d'États de la Trêve. C'est ainsi que le destin de Cousteau se trouva lié au nôtre.

J'ai passé de nombreuses heures à bord de la *Calypso* et j'ai pu vérifier par moi-même qu'un individu équipé d'un aqua-lung pouvait descendre à des profondeurs de 300 pieds et y demeurer pendant quelques heures, libre de ses mouvements. Cousteau avait construit une cage dans laquelle les plongeurs pouvaient se réfugier en cas d'attaque de requins. Il n'y en a eu aucune, Dieu merci. Très vite s'était posée la question de créer une base terrestre où l'on pourrait poser les équipements et qui soit apte à accueillir un hélicoptère. La distance qui séparait les sites de prospection de la côte était d'environ 100 kilomètres. Soit 200 pour un aller-retour. Cousteau et ses hommes ont donc décidé d'installer leur matériel sur l'une de nos îles, l'île de Das. À cette époque, ce n'était qu'un grand rocher aride et désert d'un kilomètre sur deux. Ils ont fait venir des ouvriers du Koweït, des Palestiniens, des Libanais, des Jordaniens. Sans le savoir, ils étaient en train de changer le visage de l'avenir.

*

Le 28 janvier 1958, soit quatre ans après son arrivée, Cousteau m'a annoncé avoir découvert un gisement susceptible d'être riche en pétrole. Il ne croyait pas si bien dire. Ce gisement se révéla par la suite détenir une réserve d'environ 4 milliards de barils. Une fois sa mission achevée, il m'a dit : « Les missions impossibles sont les seules qui sont vouées au succès. » Je n'ai jamais oublié cette phrase.

Le 2 décembre 1996, jour de notre fête nationale, j'ai eu le plaisir d'accueillir le Français et je lui ai décerné la double médaille de l'ordre de l'Indépendance en reconnaissance pour les services rendus à la science et à l'humanité pendant plus de cinquante ans. Cousteau devait nous quitter un an plus tard, âgé de quatre-vingt-sept ans.

9

> Plus que ma femme, elle aura été ma compagne, ma muse et mon bouclier.

Londres, novembre 1955

Comment un être humain peut-il vivre dans un climat aussi froid, aussi gris et sous un ciel au ras des toits ? Voilà trois jours que Chakhbout et moi séjournions dans la capitale britannique et je n'arrivais toujours pas à me réchauffer. Pourtant, nous étions descendus dans un excellent hôtel. Le Dorchester. Et le chauffage central était en parfait état de marche.

Notre venue en Angleterre était liée au triste conflit qui se prolongeait entre nous et nos voisins : tout en étant déterminés à régler nos différends, nous tenions à ce que les habitants de la région vivent dans la paix, la sécurité et la prospérité afin que notre regard soit toujours dirigé vers l'avenir et que nous nous engagions sur la voie du développement. Ma richesse personnelle ne m'importait guère. J'ai toujours préféré vivre modestement parmi les miens plutôt qu'être un millionnaire seul.

Si des marchands ou des visiteurs m'offraient des présents – généralement sous forme de sacs de riz –, je les distribuais aux familles les plus démunies de l'oasis. Non, je ne suis pas un saint. J'étais poussé par une force impérieuse qui m'empêchait d'agir autrement. J'ai toujours cru que donner un peu de soi était le meilleur moyen de s'appartenir. Comme disait le poète d'avant l'islam : « Je répartis ma nourriture entre mes compagnons, et bois seul l'eau froide en hiver. »

Londres est une ville aussi intéressante que Paris. En cette année 1955, elle était encore placée sous le signe de la reconstruction, mais on sentait la joie de vivre parmi la population, comme une résurrection après les années de guerre que le pays avait connues. Dans les rues, on voyait des gentlemen en chapeau melon, des femmes en robe imprimée, des taxis noirs, d'élégants quartiers et d'autres que je trouvais misérables. Sous terre serpentait un métro qu'ils appelaient The Tube, inauguré, m'a-t-on assuré, une centaine d'années auparavant.

Chakhbout, qui souffrait de problèmes oculaires, a profité de notre présence dans la capitale londonienne pour passer des tests dans un hôpital du centre, le St Thomas' Hospital. Je fus frappé par la qualité des soins, mais bien plus lorsque j'ai appris que cet hôpital existait depuis le XIIe siècle ! La première fois que j'avais entendu parler de cet établissement, c'était par mon frère

Hazza. Il s'y rendait régulièrement pour suivre un traitement. Lequel ? Je n'en savais rien. Il a toujours refusé de nous révéler de quoi il souffrait, jusqu'au jour hélas où nous avons fini par le découvrir.

Chakhbout et moi n'avons pas été reçus à Buckingham, mais j'ai eu l'occasion d'apercevoir le palais de l'extérieur et d'assister à la relève de la garde. L'accoutrement des Horse Guards m'a fait sourire. Je n'imaginais pas un instant l'un de nos Bédouins affublé d'un casque à crinière blanche ! Quant aux chevaux, on ne pouvait comparer leur allure, leur beauté à celles de nos pur-sang.

Il me souvient d'avoir demandé à notre guide si les 775 pièces disposaient de l'eau courante : « Depuis 1801, Excellence. » Réponse qui m'a immédiatement rappelé ce qui manquait à mon pays. Un monde existait, qui avait des siècles d'avance sur nous, et j'en prenais conscience tous les jours un peu plus. Tout au long de ma visite, des images de notre pays se sont superposées à celles que je découvrais, et je n'ai pu m'empêcher d'éprouver un serrement de cœur. Nous avions pris tant de retard ! Et je me demandais s'il serait comblé un jour.

En cette année 1955, cela faisait trois ans que le roi George VI était mort et qu'une reine régnait sur l'Angleterre. Élisabeth II. Une femme à la tête d'un empire ! Pour ma part, j'ai toujours considéré que le rôle de la femme ne devait pas se limiter à cuisiner ou à faire le café ou le thé. C'est absurde. Tout autant que son époux, elle doit saisir toutes les opportunités qui lui permettent de s'épanouir pleinement. L'homme n'est-il pas le frère de la femme et la femme la sœur de l'homme ? Rien ne doit les différencier, sinon l'œuvre qu'ils accomplissent.

J'ai eu la chance à un moment donné de mon existence de lier mon destin à un être exceptionnel. Rare. Unique. Mon épouse Fatima. Malgré son jeune âge, elle avait en elle une inextinguible soif d'apprendre, de comprendre et ensuite de transmettre. Elle était plus jeune que moi de vingt-cinq ans, mais parfois, lorsqu'elle me prodiguait ses conseils, j'avais l'impression que cet ordre était inversé. Pas plus que moi elle n'avait eu l'occasion de fréquenter les grandes écoles, et pourtant elle en savait plus sur le monde et la vie que les plus érudits des maîtres.

*

C'était en décembre 1960, à Al-Aïn.

Une légère brise caressait la cime des palmiers.

Les hommes serraient dans leurs mains des fusils qu'ils lançaient vers le ciel avant de les rattraper. Ils évoluaient au rythme des tambourins et des cymbales et déclamaient des vers, issus d'une poésie nabati qui disait notre histoire, celle des Bédouins, mais aussi l'honneur, la nostalgie, la solidarité.

À quelques pas devant ces hommes, six jeunes filles étaient, elles aussi, alignées. Les *Na'ashat*. Âgées de dix à dix-huit ans, on les avait vêtues de robes pourpres ou bleues décorées de fines broderies. Soutenues par le roulement des tambourins, elles faisaient onduler leur longue chevelure en inclinant la tête de gauche à droite, de droite à gauche dans un mouvement lancinant.

Ce jour-là fut sans doute l'un des jours les plus importants de ma vie : je venais de prendre pour épouse Fatima bint Mubarak, la fille de Cheikh Mubarak Al-Ketbi, native du village d'Al-Hayer.

Je la vois encore. Au crépuscule de ma vie, elle éclaire les ténèbres qui me drapent. Je la verrai bien après. Lorsque je l'ai croisée la première fois, j'aurais voulu me fondre en elle et qu'elle se fondît en moi. Je suis sûr qu'elle devait entendre les battements de mon cœur et le souffle de mon âme et je me suis surpris à murmurer : Fatima. Fatima.

Il y avait ces étoiles qui palpitaient au-dessus de nous et le scintillement infini de la nuit. Les braises rougeoyantes. Nous avons parlé. Longtemps. Jusqu'à ce que le soleil ait fondu sur les dunes.

C'est au lendemain de nos épousailles que j'ai écrit ces vers :

Ô belle, tu es dotée de multiples charmes
Accomplissant ton être
Jeune, baissant les yeux de pudeur
Tu grandis et ta beauté grandit avec toi.
Jamais je n'ai vu ta pareille ni ne l'aurais imaginée
Telle la pluie tu réjouis la terre
Dieu t'a accordé des qualités te distinguant des autres
Ce que reconnaissent même les plus belles.
Gloire à Celui qui t'accorda

Tant de beautés et ces yeux aux couleurs tranchantes
Ton visage ruisselle de lumière
Et tes vertus te placent en haut rang.
Dans toutes les lois, l'amour
Est exalté, mais les gens l'envisagent différemment
Il en est qui se sacrifient pour l'aimé, d'autres le bradent
Il en est qui se ressourcent en l'amour, d'autres s'en éloignent.

Elle n'avait pas vingt ans. J'entrais dans ma quarante-deuxième année. Qu'est-ce que vingt ans d'écart lorsque l'amour vous brûle ? Dès le jour où j'ai demandé sa main nos destins furent scellés. Aujourd'hui, quarante-quatre années plus tard, ils le sont toujours. Plus que ma femme, elle aura été ma compagne, ma muse et mon bouclier.

Le jour de la noce, le hasard voulut qu'un agent anglais, le capitaine Antony Shepherd, fût en visite à Al-Aïn. Je lui ai fait savoir qu'il était le bienvenu.

Voilà deux ans qu'il faisait partie des Éclaireurs, la force britannique chargée du maintien de la paix dans la région, et il venait d'être muté à Al-Aïn.

Dès son arrivée, il fut convié à prendre place sous une grande tente où des cheikhs étaient déjà réunis. Je n'ai pas tardé à les rejoindre. Après avoir discuté un moment avec le Britannique, j'ai demandé que l'on nous serve le déjeuner. On déposa sur des nattes de grands plats de poulet et de riz. Pour ma part, je me suis contenté de boire du lait de chamelle. Comme Shepherd s'en étonnait, je lui ai répondu : « Il n'existe pas d'aliment plus complet ! C'est un remède à tous les maux, une potion magique ! »

J'en demeure convaincu.

Nous étions au troisième jour de la célébration de mes noces. Et près d'une centaine de Bédouins, venus des alentours et même de la capitale, s'étaient déplacés pour me saluer et m'exprimer leurs vœux de bonheur. La plupart avaient fait le voyage à dos de chameau ; d'autres, plus rares, dans des Land Rover. À la nuit tombée, alors que les cuisiniers s'activaient autour des feux de bois, certains invités déchargèrent leurs fusils en direction de la lune, tandis que des musiciens frappaient sur leurs tambourins, éclairés par des lampes à pétrole et les phares des Land Rover.

Bientôt, des hommes se présentèrent, le crâne couvert de leur keffieh, poignards à la ceinture. Ils se mirent à lancer leurs fusils vers le ciel avant de les récupérer. Mais à un moment donné le fusil de l'un d'entre eux a atterri sur son nez. Tout le monde s'esclaffa. Ceux qui avaient manqué la scène poussèrent du coude leurs voisins pour qu'ils leur décrivent ce qui s'était passé. Le malheureux, qui saignait abondamment, fut entraîné à l'écart pour être soigné. Lorsque, quelques instants plus tard, il est réapparu, le nez tuméfié, je me suis levé pour aller vers lui et lui exprimer ma sympathie.

Un serviteur balançait un petit brasero dans lequel brûlait de l'encens. Il nous enveloppait de vapeur. Un autre répandait de l'eau de rose sur la tête des invités. Il y eut aussi un poète qui vint déclamer des vers. Il ne devait pas être plus tard que minuit lorsque j'ai pris congé de Shepherd et que je me suis retiré sous la tente où m'attendait Fatima. Quelques coups de fusil saluèrent mon départ et chacun rentra chez soi. Ce fut une fête simple, sans excès ni dépenses outrancières.

Le lendemain, la saison de la chasse commençait.

*

En ce mois de novembre 1955, nous venions de rentrer à l'hôtel Dorchester, Chakhbout et moi, après la énième conférence qui nous avait réunis pour débattre du problème d'Al-Buraïmi. Nous nous sentions quelque peu démoralisés. Aucune solution n'avait jailli. Le problème qui nous opposait à nos frères demeurait. La seule conclusion à laquelle nous avions abouti fut de confier le litige à une juridiction internationale, ce qui laissait entrevoir des mois et des années de débats.

J'ai les débats en horreur.

10

> Chaque livre que tes enfants liront
> leur ouvrira les yeux sur de nouveaux
> mondes, et à leur tour ils créeront.

Al-Aïn, septembre 1960

J'entends encore les cris de la mère, et je vois le père qui s'accroche à mon bras, pareil à un noyé, et la fillette couchée sur une natte, recroquevillée, se tordant de douleurs et gémissant. La famille n'habitait pas loin. Quelques minutes auparavant, réveillé par les hurlements, je me suis retrouvé dans une chambrée, impuissant, inutile, partagé entre le désespoir et la rage. L'enfant d'une dizaine d'années souffrait atrocement et nous n'avions pas un seul médecin, ni ici, à Al-Aïn, ni ailleurs dans le pays, pas le moindre dispensaire, encore moins d'hôpital.

Deux mois plus tôt, lorsque ma mère – qu'elle repose en paix – était tombée malade, nous fûmes obligés de faire venir un médecin anglais de Dubaï, lequel a mis une éternité à arriver faute de routes carrossables. Je ne possédais aucune connaissance médicale, mais je voyais bien que si l'on ne prodiguait pas de toute urgence des soins à la fillette, elle risquait de mourir.

J'ai ordonné au père :

— Soulève-la ! Porte-la jusqu'à ma voiture.

Il a bégayé :

— Où vas-tu l'emmener, Zayed ?

— À Sharjah.

La mère a hurlé :

— Sharjah ? Pourquoi ?

— Parce que c'est là que se trouve l'hôpital le plus proche.

Cent cinquante kilomètres nous séparaient de Sharjah. L'hôpital en question était le Sarah Hosman, du nom de la gynécologue britannique qui l'avait créé dix ans auparavant, dans les années 1950, à l'instigation de Cheikh Saqr bin Sultan Al-Qasimi. Là-bas, les médecins seraient sûrement capables de soigner la fillette.

On l'enveloppa dans une couverture et on l'allongea sur la banquette arrière de la Land Rover. Comment décrire ces instants ? C'est impossible. Aucun mot ne le peut. Le faisceau tremblant de mes phares balayait les dunes et conférait à la nuit une immense impression de solitude. Je ressentais comme jamais l'omniprésence du désert, hallucinatoire et magique. À travers le pare-brise se détachaient un croissant de lune et des éclats d'étoiles. Ai-je prié ? Oui. De tout mon être, j'ai invoqué le Créateur des mondes. Je ne me souviens plus de ce que j'ai demandé.

Sans doute que Sa volonté soit faite. Par intermittence, je jetais un coup d'œil dans le rétroviseur qui me renvoyait l'image de la fillette et ses traits défigurés par la douleur. Elle ne cessait de gémir, ce qui me rassurait. N'était-ce pas le signe que son petit corps luttait contre la mort ?

J'ignore pourquoi, mais ma pensée est allée vers Hazza. Sans doute mon frère me manquait-il toujours. Voilà deux ans qu'il nous avait quittés. Et je m'en souviens comme si c'était hier.

Nous étions le 20 janvier 1958, à New York.

À travers la baie vitrée du Presbyterian Hospital, j'observais les eaux du fleuve Hudson qui glissaient lentement sous un ciel morne. Sur ma droite se dessinait le George Washington Bridge. Il pleuvait.

Je suis venu m'asseoir près du lit. Le visage de Hazza était serein. Détendu. Les drogues qu'on lui injectait faisaient leur effet. Lorsqu'une semaine auparavant le Dr Prescot m'avait annoncé la nouvelle, j'avais senti mes jambes qui se dérobaient : « Cancer généralisé. Il n'y a plus d'espoir. » Je n'avais rien dit à mon frère. À quoi bon ? Il avait compris.

Que l'on ait mené une vie heureuse ou non, que l'on ait été déçu par l'existence ou qu'elle vous ait comblé, on s'attache à la vie et à la précarité du temps qui vous reste et vous relie au monde. On fixe la porte de la chambre, on devine les allées et venues et l'on se prend à rêver de franchir le seuil, geste simple, mais qui soudain acquiert en ces instants une valeur inestimable.

J'ai saisi la main de mon frère. Il a ouvert les yeux, m'a souri faiblement. Ses lèvres se sont entrouvertes, mais aucun son n'en est sorti. Par moments, j'avais l'impression qu'il ne respirait plus tant son souffle était faible. De temps à autre, une infirmière entrait. Elle vérifiait sa tension, contrôlait le goutte-à-goutte, échangeait avec moi un regard désolé et ressortait.

Mon frère Khalid était là lui aussi, ainsi que notre mère. Bien qu'elle fût presque septuagénaire, elle avait tenu à nous accompagner. Silencieuse. Ses yeux étaient embués de larmes et je pouvais y lire toute la désespérance du monde et l'agonie des étoiles.

De toutes les injustices de l'univers mettre en terre son enfant est certainement la plus grande.

Les heures ont coulé dans le sablier. Vers 3 heures de l'après-midi Hazza a rendu son dernier soupir. Ma mère a éclaté en sanglots et a enfoui son visage dans les bras de Khalid. Moi, j'ai détourné mon regard et j'ai fixé les bâtiments par-delà la baie vitrée et j'en ai voulu à cette ville qui continuait de vivre, indifférente à notre deuil. J'aurais souhaité que ses tours, ses rues, ses parcs se drapent de noir, que les horloges se figent et que le fleuve se transforme en désert.

La Land Rover bondissait, soulevant des nuages de poussière blanche. Combien de kilomètres ai-je parcourus ainsi, les mains serrées sur le volant, l'accélérateur au plancher ? Je sais seulement qu'à un moment donné je n'ai plus entendu les plaintes de la fillette. Je me suis retourné.

Elle semblait assoupie. Sommeillait-elle vraiment ? Je l'ai appelée par son prénom : « Amina, Amina. » Elle n'a pas réagi. Alors j'ai freiné. La voiture a pilé au sommet d'une dune. J'ai sauté, j'ai ouvert la portière, j'ai fait basculer le siège vers l'avant et je me suis penché sur la fillette, l'oreille contre ses lèvres pour essayer de percevoir son souffle. Rien. J'ai posé la main à plat sur son petit thorax. Il était immobile. Figé telle une pierre. C'était fini. Je me suis agenouillé sur le sable, visage tourné vers le ciel, et j'ai de nouveau prié. Mais cette fois pour le repos de l'âme d'Amina.

*

— Je veux construire un dispensaire à Al-Aïn ! J'ai besoin de fonds ! Tout de suite. Maintenant !

Je revois encore l'expression interloquée de mon frère lorsque je lui ai fait part de ma décision. Et dans la foulée j'ai ajouté : « *Shuh fayidit al-mal bidoun al-sehha.* » À quoi sert la richesse sans la santé ? Et je lui ai raconté sans omettre le moindre détail le drame de la petite Amina. Je lui ai rappelé que lorsqu'un membre de notre famille tombait malade, il avait les moyens de se rendre à l'étranger pour se faire soigner. Pas notre peuple. Chakhbout lui-même n'avait-il pas profité de notre séjour en Angleterre pour consulter un ophtalmologue ? Je devais avoir l'air terriblement déterminé car il a acquiescé sur-le-champ. Dans les six mois qui suivirent, un petit centre médical a ouvert ses portes à Al-Aïn. Le centre Oasis.

Certes, nous étions encore à des milliers de lieues du St Thomas' Hospital ou du Presbyterian de New York, mais c'était déjà un progrès. Le plus compliqué fut de trouver un médecin. J'ai réussi à en enrôler deux. Des missionnaires américains. J'ai même proposé de leur construire une petite église s'ils le souhaitaient. Trois ans plus tard, ce dispensaire deviendrait un hôpital. L'hôpital Buraïmi.

Mais j'étais décidé à aller plus loin.

Quelques mois après la création du centre, Chakhbout a dû se rendre en visite officielle à Londres ; visite qui serait suivie par un voyage privé en Allemagne de l'Est et un séjour médical en Amérique. Il serait absent – ce qui était rare – pendant quelques semaines. C'était le moment ou jamais.

Dois-je rappeler que notre capitale est une île ? Pour y accéder, les gens n'avaient d'autre choix que de guetter la marée basse pour traverser ensuite sur des bancs de sable, avec tous les risques qu'un tel déplacement impliquait. Une seule erreur d'appréciation et c'était la noyade assurée pour les personnes et le bétail, ou l'enlisement des camions, souvent de manière définitive. Une demi-journée était parfois nécessaire pour atteindre la pointe de l'île. Sans compter que les échanges commerciaux entre nous et nos voisins souffraient de cette situation et que de nombreuses entreprises rechignaient à venir s'installer chez nous.

Le jour même du départ de Chakhbout, je me suis précipité à qasr Al-Hosn. Je dois préciser que j'étais le seul membre de la famille à être autorisé à y résider non seulement lorsque mon frère s'y trouvait, mais aussi en son absence. J'ai convoqué à une *barza* les principaux propriétaires des souks, les négociants, les chefs locaux, et je leur ai annoncé : « Nous allons construire une route et j'aurais besoin de vous. De vous tous ! » Leur réaction fut identique à celle des habitants d'Al-Aïn lorsque j'avais proposé le creusement d'Al-Sarouj. Je venais d'avoir quarante-deux ans, et la vie m'avait enseigné que, pour persuader une assemblée, il faut dans un premier temps capter leur attention, en un deuxième conquérir leur bienveillance, puis leur approbation. Au terme de plusieurs heures, ma stratégie porta ses fruits. Dès le lendemain, tous ceux qui en étaient capables se sont mis au travail.

J'avais imaginé une artère large d'environ 4 mètres, composée de pierres et de boue séchée. Rien de vraiment spectaculaire, mais c'était déjà une avancée considérable comparée aux pistes de sable qui sillonnaient en ce temps les États de la Trêve.

Les deux camions que nous possédions furent mis à contribution et – Dieu sait comment – nous avons nivelé les dunes, déplacé des tonnes de sable, sans l'outillage approprié, sans pelleteuses ni mortiers. Je consacrais le plus clair de mes journées à surveiller l'avancée des travaux et à encourager les hommes du mieux que je le pouvais. En un temps record, la première « route » de notre pays fut tracée. Et comme Chakhbout n'était toujours pas revenu de son périple, j'ai débloqué des fonds pour mettre en place des pompes d'irrigation et construire un souk et des commerces à Al-Aïn. Il ne me restait plus qu'à attendre la réaction de mon frère. Elle n'a pas tardé.

Quarante-huit heures après son retour, il m'a convoqué dans son bureau.

Après les salutations d'usage, il a louché vers moi et m'a questionné sur un ton glacial :

— Pourquoi ?

— Je ne comprends pas.

— Pourquoi as-tu retiré des liquidités des coffres sans mon autorisation ?

— Il me semble que tu m'avais accordé ce droit en ton absence. Je me trompe ?

Il n'a pas répondu, alors j'ai enchaîné :

— Cette route que j'ai tracée, tu l'as vue, n'est-ce pas ? Il était nécessaire que je rétribue ceux qui ont participé à sa construction et que je paye la location des camions. J'ai aussi fait installer des pompes d'irrigation à Al-Aïn et…

Il m'a coupé la parole et son visage, habituellement impassible, s'est empourpré.

— Des sommes importantes ! Sans mon autorisation !

Maîtrisant mon émotion, j'ai mis quelques secondes avant de répondre :

— Mon frère, je vais te parler sans détour. Nos alliés prennent leur distance. Il n'est pas loin le jour où ils se détacheront définitivement de nous. La population est de plus en plus insatisfaite, frustrée de constater que nos voisins prospèrent tandis que nous vivons dans l'abstinence.

Il ne se passe pas une semaine sans que des tribus amies nous quittent pour se rallier à d'autres. Nos alliances se fissurent. Tu ne participes même plus au Conseil des États de la Trêve. Si je ne m'y rendais pas, notre pays serait un pays fantôme. Depuis qu'il existe un espoir plus qu'avéré de trouver du pétrole, tu tergiverses à l'égard des compagnies pétrolières. Voilà un certain temps qu'elles nous versent des dividendes en échange de licences d'exploration. Même si les résultats ne sont pas encore probants, ces versements constituent une rente plus que confortable. Dans quoi est-elle investie ? Nous n'avons toujours pas de centrale électrique, pas de réseau téléphonique. Et comme tu as refusé aux Anglais l'autorisation de créer un aéroport, ils sont allés en construire ailleurs. Je reconnais que tu as créé une police, mais pas d'armée. Notre défense dépend entièrement du bon vouloir du gouvernement britannique. Le jour où ils partiront, car ils finiront par partir, nous serons nus. Lorsque le colonel Boustead, le représentant anglais, t'a proposé de transformer notre capitale en une cité moderne et qu'il t'a soumis la maquette, tu t'es écrié : « C'est Paris ! Je ne veux pas d'un Paris chez nous ! » Et enfin, alors que nos voisins possèdent des infrastructures bancaires depuis les années 1940, ce n'est qu'il y a deux ans seulement que tu as accepté d'accueillir la British Bank of the Middle East. C'est ton inquiétude qui provoque cela. Ta crainte que le progrès nous fasse perdre notre authenticité. Or je suis convaincu que nous pouvons unir les deux, et vaincre tes appréhensions.

J'ai marqué une pause avant de conclure.

— Non, mon frère. Dieu m'est témoin que nous n'avons d'autre chef que toi. Je t'aime. Nous t'aimons. Souviens-toi de ce que je t'ai dit un jour : « En tant que frère, je te dois mon amour et ma loyauté. En tant que citoyen, je te dois mon respect. » Jamais rien n'altérera ces sentiments. Tu es notre chef, et tu le resteras aussi longtemps que tu le souhaiteras, mais, je t'en conjure, modifie ta politique. Alloue un budget à notre pays. Tu pourras toujours surveiller les dépenses et t'assurer qu'elles sont bien utilisées. Khalid et moi sommes disposés à t'aider. Serais-tu d'accord ?

Chakhbout éluda la question d'un geste évasif. Il m'a regardé fixement et m'a dit :

— La route est très bien. C'est un bel ouvrage. Je te félicite. Que Dieu t'accompagne, mon frère.

*

— Et maintenant, nous allons construire une école primaire, ici à Al-Aïn.

Cette fois, c'est grâce à ma mère que j'ai pu mener à bien ce nouveau projet. Elle a proposé spontanément de mettre une somme à ma disposition. Quelques mois plus tard, nous avons fêté l'inauguration de l'école d'Al-Muwaiji. Là encore, cette réalisation ne resterait pas gravée dans les mémoires. Cependant, j'en conserve une certaine fierté. C'était une petite construction en bois, capable d'accueillir une quarantaine d'élèves. Des garçons. Un jour, cela changerait. Un instituteur jordanien a répondu favorablement à ma demande et il est venu s'installer à Al-Aïn.

Envoyer ses enfants dans une école peut sembler chose naturelle. Elle ne l'était pas en ce temps. Pas chez nous. Les parents rechignaient à se séparer de leur progéniture, ne fût-ce que quelques heures dans la journée, et pour cause : elle leur servait de main-d'œuvre aux champs ou pour garder le bétail. Leur absence était considérée comme une perte de revenus. J'ai dû batailler. Même avec mon ami Farès.

— Est-ce qu'apprendre à lire et écrire nous rend plus intelligents ou meilleurs ? À quoi sert l'éducation ? L'instruction ? Regarde-toi ? Crois-tu que si tu avais fait de hautes études tu aurais été un homme plus brillant que tu ne l'es ? La force, l'énergie qui sont en toi, aucune école n'aurait pu te les inculquer.

J'ai observé Farès un bref instant.

— Tu es père de deux garçons, n'est-ce pas ?

Il a acquiescé.

— Si tu avais le choix, est-ce que tu leur offrirais une toute petite maison de quelques mètres carrés avec pour seule vue des palmiers et un chameau, ou bien un palais de milliers de chambres, d'où ils pourraient contempler le monde tout entier ?

Farès a éclaté de rire.

— Où est le choix ? Je leur donnerai évidemment le palais !

— Voilà. Tu as tout compris. Ce palais, c'est l'instruction et ses milliers de chambres. Chaque livre que tes enfants liront, chaque information nouvelle, leur ouvrira les yeux sur de nouveaux mondes, de nouvelles émotions, des paysages infinis, et à leur tour ils créeront. Tu ne veux quand même pas les priver de cette richesse ?

Mon discours avait dû être convaincant car, le lendemain, Farès emmenait ses garçons à l'école d'Al-Muwaiji.

Dépourvu de moyens, en guise d'encouragements, j'offrais des dattes, des fruits, quelques roupies aux parents dont les enfants se montraient les plus assidus. Autour de nous, le monde n'avait cessé d'évoluer. J'étais conscient que nous étions en train de livrer une course contre la montre.

Je n'ai malheureusement pas eu la chance de fréquenter les grandes universités, à la différence de mes fils Khalifa, Sultan, Mohammed, diplômés de l'Académie royale militaire de Sandhurst, et je le regrette. Il n'est pas impossible que ce soit ce manque qui, toute ma vie, m'ait poussé à faire de l'éducation une priorité. L'éducation est synonyme de progrès. Et à la différence de mon frère Chakhbout, je n'ai jamais pensé que le progrès fût une hache dans les mains d'un fou. En revanche, je pressentais que, s'il venait à se développer au détriment de notre identité, il pourrait se révéler nocif. Nous devons être pareils à la roue. Elle tourne, mais son centre demeure immobile.

11

> Je ne crois pas au hasard. Je crois au destin.

Mon nom est Susan Hillyard.

Je suis originaire du Surrey. Après y avoir étudié, j'ai enseigné l'histoire, le latin et l'anglais en Suisse et au Québec. C'est à mon retour du Canada que j'ai fait la connaissance de mon futur mari, Tim, ingénieur pétrolier au service de l'Anglo-Iranium Petroleum Company. Trois semaines après notre mariage, en 1950, Tim avait été muté à Bagdad, où j'ai dispensé des cours d'histoire à l'université.

Trois ans plus tard, la compagnie proposa à Tim de venir au pays de la Gazelle afin de surveiller la plate-forme offshore qui était en construction non loin de l'île de Das. Lorsque j'ai appris la nouvelle et le nom de l'endroit où nous allions devoir vivre, et où, de surcroît, j'allais devoir apprendre l'arabe, j'ai été prise de panique. « C'est facile, avait plaisanté Tim, tu iras au zoo, tu te tiendras devant l'enclos des chameaux, et quand tu pourras prononcer *Ghuqghq* comme eux, c'est que tu maîtriseras la langue arabe ! » Il faut préciser que nous venions tout juste d'avoir un bébé. Une petite fille du nom de Deborah.

Nous sommes arrivés en septembre 1954 au pays de la Gazelle via Bahreïn et Dubaï à bord d'un boutre. Je venais d'avoir vingt-sept ans. Il me souvient que, pendant la traversée, alors que je lavais les couches de Deborah dans la mer, un grand requin gris a bondi et les a happées. Je crois n'avoir jamais eu aussi peur de toute ma vie !

C'était la première fois que les habitants de ce pays voyaient une jeune Anglaise vêtue de jupe et de cardigan ajustés avec une silhouette de mannequin de prêt-à-porter.

Une maison en dur fut mise à notre disposition. Elle consistait en un simple cube blanchi à la chaux, des murs construits à partir de coraux récoltés par des plongeurs de perles – leur porosité aidant à conserver la fraîcheur – et du ciment apporté de Dubaï. Très vite cette maison fut connue de tous sous le nom de « Baït Al-Yard ». La maison des Yard. Diminutif de Hillyard.

Les premiers temps ne furent pas simples. La vie était rude et la solitude, désespérante. Aucun échange de courrier n'était possible entre ma famille restée en Angleterre et moi. L'eau, en provenance de Dubaï, était livrée dans des barils qui dégageaient une odeur de pétrole. Il n'y avait pas d'aéroport, sinon la petite piste située sur l'île de Das, à 100 kilomètres de la capitale. Mais très vite je me suis ressaisie. À quoi aurait servi de gémir sur mon sort ? Gémir est fastidieux alors que le rire est tellement plus distrayant ! Insensiblement, je fus prise d'une réelle affection pour ce pays et pour ses habitants. Je crois que ce fut l'extrême simplicité, le mode de vie si différent de l'Angleterre qui m'ont séduite.

Je crois avoir aimé ces habitants tels qu'ils étaient : des Bédouins à l'âme complexe mais sincère. J'ai aimé leur soleil, si impitoyable pourtant, et la mer, et les enfants, et les vieux pêcheurs. J'ai aimé aussi leurs femmes. Un jour sur trois, je rendais visite à Salama, la mère de Cheikh Zayed. Entre nous, pourtant si diamétralement opposées, se sont tissés des liens d'une rare richesse, et nous débattions librement de tous les sujets. Il y avait quelque chose d'exaltant dans ces échanges. De même, je fus très proche de Cheikh Chakhbout. Et j'ai la faiblesse de penser qu'il m'appréciait beaucoup. Je possède une photo de nous en noir et blanc sur laquelle on voit le cheikh caressant la joue de ma fille, Deborah, qui le dévisage avec un sourire lumineux.

J'avais pris pour habitude d'organiser pour elle de magnifiques anniversaires. J'ai ouï dire que, des années plus tard, on en parlait encore. Je conviais les enfants du voisinage, rameutés par un chauffeur de la compagnie qui criait à tout-va : « Noël de Deborah ! Noël de Deborah ! » Les jeunes invités avaient droit à des friandises, des jeux de société rapportés spécialement de Bahreïn. Le jour où nous fêtions les cinq ans de Deborah, il me souvient que Cheikh Zayed était présent.

Parallèlement, mon époux et moi nous efforcions d'apporter de l'aide médicale à la population, même si cette aide était rudimentaire.

Assez rapidement, je me suis attelée à l'apprentissage de l'arabe et, à la fin de mon séjour, je n'étais pas peu fière de m'exprimer assez correctement. Les habitants ainsi que Cheikh Zayed m'avaient surnommée « Oumm[1] Deborah ». La mère de Deborah.

La dernière fois que j'ai vu le cheikh, c'était en 1980. Je lui rendais visite après vingt-deux ans d'absence. Ce fut un véritable choc. J'ai aimé cette nouvelle ville, mais ce n'est pas ce qui m'est venu à l'esprit en repensant à ma jeunesse, dans ce pays de sable, ouvert à tous les vents, aux *barastis*, aux petits étals d'où montait l'odeur du pain chaud. Je pensais à qasr Al-Hosn, la plage, notre maison, les chèvres et ma gazelle Smokey, aux chameaux, aux ânes, aux boutres, à notre Land Rover, l'une des rares voitures, souvent immobilisée dans la *sebkha*[2].

Bien des années plus tard, j'ai reçu une lettre de Cheikh Zayed dans laquelle il m'écrivait : « Oumm Deborah, tu es la seule personne qui se souvienne de notre pays tel qu'il fut à l'origine. Le présent recouvre toujours le passé de telle sorte qu'il finit par être effacé d'une génération à l'autre sauf s'il est conservé par écrit. »

J'ai reçu cette lettre en 2002, alors que je venais de publier toutes les notes prises au cours de mon séjour au

1. Il est coutumier en Orient d'appeler quelqu'un par la *kunya*, un surnom composé par Abou, « père de » pour les hommes, Oumm, « mère de » pour les femmes, suivi généralement du prénom de l'aîné des enfants.

2. *Sebkha* est une traduction phonétique du mot arabe utilisé pour décrire des sédiments salins provenant de l'évaporation de l'eau de mer. Si certaines de ces surfaces sont généralement solides et sèches, d'autres, parfaitement identiques en apparence, ne sont qu'une fine croûte qui masque un bourbier. Difficile de les discerner.

pays de la Gazelle dans un ouvrage intitulé *Before the Oil*. Avant le pétrole[1].

Ma modestie dût-elle en souffrir, je dois avouer que c'est un peu grâce à mon mari et moi que Chakhbout et Zayed ont découvert que la présence humaine sur leur territoire était vieille de plus de deux mille ans.

J'entends encore les propos que Zayed m'a tenus un jour. Il m'a dit : « Je ne crois pas au hasard. Je crois au destin. J'ai toujours pressenti au tréfonds de moi que si tout dans notre vie se déroulait strictement selon nos plans, qu'ils soient raisonnables ou non, grandioses ou modestes, notre quotidien serait plutôt insipide. Nous ne vivrions jamais ces émotions, ces bouleversements qui nous font grandir et font de nous ce que nous devions être depuis toujours. Survient inévitablement un moment où nous rencontrons quelqu'un, nous vivons une émotion, où nous sommes victimes d'une maladie, d'un accident pour que notre existence s'engage sur une nouvelle voie qui fera à l'arrivée toute la différence. » Et il a ajouté : « Votre venue chez nous et les conséquences qui en ont découlé appartiennent au monde invisible des lettres écrites par le Tout-Puissant. »

1. Le livre fut refusé par plus de cinquante éditeurs et la première édition, publiée à compte d'auteur. En 2015, sa mère étant décédée en février 2014, Deborah est revenue sur les lieux de son enfance pour la représenter et recevoir un prix d'honneur des mains du fils de Cheikh Zayed, le prince héritier, Son Altesse Cheikh Mohammed bin Zayed. « Avant le pétrole » fut par la suite traduit et publié en arabe grâce au soutien du ministre de la Tolérance, Cheikh Nahyan bin Moubarak Al-Nahyan, ami d'enfance de Deborah.

Dans les années 1947, mon époux, Tim, avait croisé la route d'un Anglais, Geoffrey Bibby, originaire de Heversham, un petit village du sud de l'Angleterre. Tim et lui travaillaient alors à Bahreïn pour le compte de compagnies pétrolières et partageaient une même passion : l'archéologie. Mais à la différence de Tim, Geoffrey était un véritable archéologue. C'est en désespoir de cause, ne trouvant pas de travail, qu'il avait accepté ce poste dans le Golfe. Quelque temps plus tard, leurs chemins se sont séparés. Tim a été muté au pays de la Gazelle, tandis que Geoffrey, à l'instigation d'une fondation danoise, concrétisait son rêve : il avait été nommé à la tête d'une expédition archéologique chargée d'explorer l'archipel de Bahreïn. On y avait trouvé de mystérieuses tombes partiellement enfouies sous les sables. Il devait se révéler qu'elles figuraient une grande civilisation oubliée : Dilmun.

Quant à Tim, une fois au pays de la Gazelle, il était tombé par hasard sur d'étranges vestiges situés sur Umm an-Nar. « La mère du feu ». Un îlot d'environ un kilomètre carré. Il s'était empressé d'informer son ami Geoffrey avec qui il était resté en contact et l'avait prié de venir le rejoindre toutes affaires cessantes.

Le destin…

12

À L'ATTENTION DE M. GEOFFREY BIBBY, BAHREÏN.
DOUZE TUMULI DÉCOUVERTS SUR L'ÎLE D'UMM AN-NAR.
PRIÈRE VENIR. URGENT. TIM.

Lorsque moi, Geoffrey Bibby, j'ai reçu ce télégramme de Tim, je fus pour le moins surpris car, peu de temps auparavant, le 24 février 1958, il m'avait déjà écrit une lettre pour m'informer que Cheikh Chakhbout, sans doute au courant des travaux que j'effectuais à Bahreïn, souhaitait que je vienne jeter un coup d'œil sur des vestiges qu'il avait repérés.

J'avoue que j'étais très sceptique. Des vestiges à Umm an-Nar ? Se pourrait-il qu'ils aient eu un lien avec la civilisation que je venais de mettre au jour à Bahreïn, vieille de plus de deux mille ans, Dilmun ? Difficile à croire. J'avais prospecté aussi loin que le Qatar, et n'en avais trouvé aucune trace. Mais la curiosité de l'archéologue l'a emporté. J'ai réuni mon épouse, Vibeke, mes deux enfants, ma fille, Annette, sept ans, et mon fils, Michael, deux ans, et nous sommes partis pour le pays du père de la Gazelle.

Au cours de la descente, notre petit bimoteur a survolé la ville à basse altitude et j'ai pu à loisir m'en faire une idée : des étendues désertiques, des plages de sable blanc, des îlots de *barastis*, une tour de guet, un fort, des palmiers et encore du sable. J'ai cherché l'aéroport des yeux. En vain. Ce n'est que lorsque nous avons entamé un virage serré que j'ai entrevu deux rangées de barils de pétrole peints en noir qui indiquaient ce qui ressemblait vaguement à une piste d'atterrissage. Tout près se trouvait une petite hutte et à côté une Land Rover. Celle de Tim.

À peine descendu de l'avion, j'ai aperçu Tim, Susan, son épouse, et leur fille, Deborah. Pas d'officiers ou de douaniers. Personne pour nous demander nos papiers. Une seconde Land Rover est arrivée alors que nous discutions et qu'un employé indien déchargeait nos boîtes de provisions. Une centaine de kilomètres séparaient l'île de Das, où nous avions atterri, de la ville. Encore que le mot « ville » fut difficilement applicable au vu du paysage que je découvrais. Nous avons roulé entre les huttes, des chameaux et des ânes, jusqu'à la maison des Hillyard.

Le dîner fut servi très tôt car, à 20 heures, je devais me rendre chez Cheikh Chakhbout. C'était un rituel auquel toute personne étrangère arrivant d'une ville ou d'un camp tribal du Golfe devait se plier afin de faire part au cheikh des dernières nouvelles. En tant que protecteur de son peuple, le cheikh avait besoin d'être tenu au courant de tout ce qui se passait dans son pays.

Le ciel était au crépuscule. Les derniers feux du couchant diffusaient une lueur pastel sur les remparts crénelés de qasr Al-Hosn. Des sentinelles, informées de ma venue, m'ont autorisé à entrer tout en donnant des ordres pour que l'on me fasse pénétrer en la salle d'audience.

Dès qu'il m'a vu, Cheikh Chakhbout s'est levé pour m'accueillir et m'a tout de suite assailli de questions. Comme je m'en doutais, il était au courant de mes fouilles à Bahreïn, grâce à un article que j'avais publié dans un journal britannique, *The Illustrated London News*, et, s'il avait souhaité ma venue, c'était parce qu'il espérait que je pourrais lui fournir une réponse à l'interrogation fondamentale qu'il se posait : quelle était l'origine de son peuple ?

Il avait une parfaite connaissance de l'île d'Umm an-Nar. J'ai cru comprendre qu'il avait découvert les tumuli bien avant Tim. Du temps de Zayed le Grand, son grand-père, on avait trouvé à cet endroit des idoles en pierre figurant des animaux, qui devaient sans doute avoir été fabriquées à l'époque de la *jahiliya*[1], avant la révélation de l'islam. Depuis, elles avaient été brisées et jetées dans la mer. Mais il n'était pas impossible qu'il y en ait d'autres, et avec des inscriptions. Dans ce cas, cela permettrait de savoir qui en étaient les auteurs. Il m'a indiqué aussi que sur l'île son grand-père Zayed le Grand avait fait installer une citerne censée récupérer l'eau de pluie.

Je lui ai expliqué que les inscriptions écrites n'étaient pas essentielles. Il suffisait d'être capable de dater un

1. La *jahiliya*, ou « ignorance », désigne dans le Coran la période antéislamique, caractérisée par le polythéisme dans la Péninsule arabique.

objet pour en connaître l'origine. À titre d'exemple, si nous découvrions un vase ou une urne sur l'île d'Umm an-Nar, nous pourrions être en mesure de dire si l'objet avait été fabriqué en Irak à l'époque d'Abraham.

Chakhbout a adopté un air pensif avant de répliquer :

— Alors, il n'est pas impossible que tu trouves des choses qui remontent au temps d'Ur, la ville natale de ce prophète.

Notre échange s'est poursuivi un long moment, puis le cheikh s'est levé et j'ai clairement pu admirer le magnifique poignard en or qui était inséré dans sa ceinture. Il a repris la parole tout en arpentant la pièce.

— Je serais vraiment curieux de savoir qui étaient les gens qui vivaient ici au temps de la *jahiliya* et s'ils étaient des Arabes.

Avant de nous séparer, il m'a prié de le tenir informé et, si nous avions besoin de quoi que ce soit, de ne pas hésiter à le lui demander. Il se ferait un plaisir de nous aider.

Dès le lendemain, Tim, moi-même et nos épouses nous nous sommes rendus à Umm an-Nar.

L'examen des tumuli et de quelques débris de vases mit en évidence que la présence humaine avait bien existé ici dans les temps préislamiques, sans doute deux mille ans auparavant. Mais une expédition en bonne et due forme s'imposait. Elle coûterait cher et nous n'avions pas d'argent. Je l'ai évaluée à environ 2 000 livres sterling. Lorsque j'ai exposé le problème à Chakhbout, sa réaction fut immédiate :

— Vous les avez !

J'étais, je l'avoue, agréablement surpris. Rendez-vous fut pris pour l'hiver suivant. Nous sommes restés quelques semaines de plus, et Tim et moi en avons profité pour continuer nos investigations. Et pendant que nous trimions sous le soleil, Vibeke et Susan passaient leur temps auprès de Cheikha Mariam, l'épouse du souverain.

Si je reprenais la description faite par Vibeke de la famille du cheikh et de leur vie, ce serait trahir l'intimité de nos hôtes. Mais je peux affirmer qu'elle était fortement éloignée de l'idée occidentale selon laquelle dans les harems tout n'est que sexe et intrigues. Vibeke a trouvé la femme de Chakhbout et ses sœurs absolument charmantes, joyeuses et pleines de curiosité pour la vie au Danemark, la terre natale de mon épouse. Quand Vibeke eut l'audace de leur faire remarquer qu'elle trouvait étrange qu'elles se voilent même à l'intérieur du fort, il lui fut répondu, non sans humour, qu'elles aussi trouvaient étrange que les Occidentales se pavanent sans vergogne à visage découvert. Cheikha Mariam a alors offert un voile à Vibeke afin qu'elle puisse au moins observer les convenances chez elle, dans sa propre maison.

En réalité, il ne s'agissait pas d'un voile, mais d'un masque en tissu couvrant le front, le nez et la bouche. À l'origine, il servait à protéger le visage du soleil et du sable du désert.

Je fus de retour au pays du père de la Gazelle au cours de l'hiver 1960, et les fouilles ont commencé. Six tumuli furent excavés. Il s'agissait de structures funéraires préislamiques. Elles étaient plutôt au-dessus de la moyenne de par leur taille et les soins apportés à leur construction, ce qui était en soi un sujet d'étonnement sur une île sans eau, à des centaines de kilomètres de tout autre site déjà connu. Il devint de plus en plus évident que nous étions devant les traces d'une présence humaine qui datait du IIIe millénaire. Peut-être s'agissait-il de la légendaire terre de Magan[1].

Chakhbout venait régulièrement nous rendre visite sur le chantier avec ses fils, Saïd et Sultan. Un matin, il arriva en compagnie d'un nouveau personnage : un homme grand, mince, mais aux épaules larges, au visage en forme de faucon et à la barbe noire soigneusement coupée. Il se présenta à moi :

— Je suis Cheikh Zayed.

Et dans la foulée, il me dit :

— Si vous voulez voir des monticules comme ceux-ci par centaines, vous devriez venir à Al-Buraïmi. Je m'occuperai de tout.

Nous avons répondu avec enthousiasme qu'il n'y avait rien que nous aimerions mieux faire.

Quelques semaines plus tard, nous étions à Al-Aïn. Quel ne fut pas mon étonnement d'y découvrir de merveilleux jardins entourés de hauts murs qui retenaient le sable

1. Peu d'informations nous sont parvenues sur cette civilisation. Seuls quelques écrits sumériens mentionnent ce peuple qui produisait du cuivre avant de l'exporter vers les populations de Mésopotamie. La civilisation Magan a laissé peu de choses derrière elle : quelques vestiges de forteresses et près de 1 000 nécropoles témoignent aujourd'hui de son existence.

environnant. Ils étaient d'un vert vif, avec des légumes et de la luzerne qui poussaient entre des palmiers-dattiers soigneusement espacés. Ils étaient irrigués par des canaux artificiels.

Au-delà des jardins, au sud, le mont Hafit dominait le ciel, et à son extrémité nord, deux chaînes de rochers escarpés descendaient vers nous.

Nous fûmes reçus à dîner au fort, à l'invitation de Cheikh Zayed.

Pendant une demi-heure, il nous interrogea sur Umm an-Nar et sur l'histoire ancienne de la Péninsule arabique. Il avait une soif inextinguible de savoir.

Après avoir lavé nos mains sous le jet d'eau de l'aiguière tenue par l'un des serviteurs, nous sommes allés dans la cour. Zayed nous a priés de nous asseoir devant un mur blanchi à la chaux. Tout à coup, à notre grande surprise, quelqu'un a apporté un projecteur et nous avons eu droit à une séance de cinéma. J'avais déjà noté lors du dîner que nous étions éclairés non par des lampes à pétrole ou des chandeliers, mais par la lumière électrique. Zayed possédait le seul générateur et nous avons appris plus tard que la vraie raison pour laquelle il l'avait transporté avec une immense difficulté à travers la route du désert c'était pour se projeter des films.

Celui auquel nous assistâmes relatait les exploits mythiques du héros arabe Antar, un guerrier qui avait dirigé un mouvement de résistance contre les empereurs byzantins. Il s'acheva vers 4 heures du matin par un duel à l'épée dans le palais impérial de Constantinople.

Zayed a tout de suite proposé de nous projeter un second film, mais nous étions épuisés. Nous devions nous lever tôt, dans quelques heures, pour vérifier les vestiges archéologiques qu'Al-Buraïmi avait à nous offrir. Zayed a souri et a hoché la tête.

— Je viendrai vous chercher à 7 heures, a-t-il annoncé.

Nous nous sommes dit en rentrant chez nous que le cheikh serait probablement en retard, car la ponctualité n'est pas vraiment la qualité première des Arabes. Mais par courtoisie, et à titre de précaution, nous avons décidé d'être prêts à 6 h 45.

À 7 h 02 rugirent des bruits de moteur. Zayed lui-même, parfaitement réveillé, conduisant le premier véhicule. Il s'exclama :

— Vous venez ?

13

> Celui qui a le choix a aussi le tourment qui l'accompagne.

Al-Aïn, 17 avril 1962

Colonel Hugh Boustead, représentant politique de Sa Majesté, à Alec Douglas-Home, secrétaire d'État aux Affaires étrangères et du Commonwealth.
Extrait.

Monsieur le secrétaire d'État, Cheikh Zayed possède selon nous les qualités nécessaires pour être le dirigeant de l'émirat : il est populaire et jouit du plus grand respect auprès de la population et de ses voisins. Il est cordial, très ouvert, et, parmi ses traits de caractère, figurent le courage, la franchise et la générosité. Il a pour seule préoccupation de venir en aide à son peuple et d'ouvrir le pays à la modernité. C'est en cela qu'il existe une grande différence entre lui et son frère, Cheikh Chakhbout. Ce qui ne veut pas dire pour autant que Cheikh Zayed serait un dirigeant que nous pourrions manipuler à notre guise, car il a cette fierté bédouine et il est très attaché à son indépendance. Il est certain que ni nous ni aucune autre instance ne serions en mesure d'influencer ses décisions. Cependant, comme il a conscience de l'ampleur des problèmes auxquels sa nation est confrontée, il acceptera certainement l'aide que nous pourrions lui fournir pour les résoudre. Nous sommes convaincus que c'est un personnage avec lequel le gouvernement de Sa Majesté peut traiter dans l'intérêt de toute la région. Plus important encore, selon les renseignements en notre possession, s'il décide de prendre le pouvoir, il ne rencontrera aucune opposition de la part de sa famille, de la population ou des forces de sécurité.

Je n'ai eu connaissance de cette lettre adressée à Douglas-Home que bien des années plus tard. Si je l'avais connue, il est probable que je serais allé voir le colonel Boustead et que je lui aurais dit vertement ma façon de penser. Nos faits et gestes étaient donc scrutés, rapportés ? J'avais bien conscience que la protection britannique nous était précieuse, mais je ne pouvais tolérer qu'un gouvernement étranger s'immisce dans les affaires intérieures de notre pays. Ni les Britanniques ni les Américains d'ailleurs. Voilà un certain temps – très précisément depuis la découverte du pétrole – que ces derniers affichaient ouvertement leur intérêt à notre égard. Deux semaines plus tôt, une délégation du consulat américain à

Dhahran m'avait rendu visite à Al-Aïn. Je ne fus pas long à comprendre qu'ils rêvaient secrètement de supplanter les Anglais dans le Golfe. Il est vrai que nous traversions une zone de fortes turbulences.

En Égypte, le colonel Nasser s'était emparé du pouvoir, mettant fin à la monarchie, à quoi avait succédé l'affaire de Suez. En Irak aussi les choses bougeaient. Et en Syrie. Les États-Unis cherchaient de nouvelles alliances. Tous ces tremblements signifiaient pour moi une seule chose : plus que jamais nous devions nous protéger. La création d'une armée était prioritaire, ainsi que je l'avais expliqué à Thesiger, non pour attaquer qui que ce soit, mais pour nous défendre en cas d'agression.

Le 6 juillet 1962, j'apprenais par un émissaire de Chakhbout la bonne nouvelle : la veille, pour la première fois, un tanker anglais, le *British Signal*, était parti de l'île de Das les soutes pleines jusqu'à ras bord de pétrole brut. Au cours des six mois suivants, près de 710 000 tonnes furent ainsi exportées, générant un revenu de 2 millions de dollars. La plus grosse somme que nous ayons jamais perçue. La première question qui m'est venue à l'esprit fut : « Comment mon frère allait-il utiliser cette manne ? »

Vers la fin du mois d'avril 1966, j'ai dû aller à Londres. À la fois pour rencontrer des dirigeants britanniques et parce que mon fils Khalifa souffrait de problèmes oculaires. J'ai mis mon séjour à profit pour me rendre à l'ambassade de Jordanie. Il me souvient d'avoir pensé, non sans un pincement au cœur, qu'il n'existait toujours pas d'ambassade de Palestine dans le monde. Les

Palestiniens, dépossédés de leurs terres, vivent depuis près de vingt ans sous la coupe d'un autre État, celui d'Israël. Nul être sensé ne pourrait concevoir, comme on a pu l'entendre chez certains groupuscules extrémistes : « Jeter les juifs à la mer. » C'est une ignominie. Mais dans le même temps, refuser à des Arabes qui vivent sur la terre de Palestine depuis plus de mille quatre cents ans un droit à une patrie est aussi grave et je ne peux croire qu'Al-Qods, Jérusalem, n'en soit pas la capitale, ou du moins, comme le préconisent les institutions internationales, Jérusalem-Est. Cette partition votée en 1947 à l'ONU est à mon avis le seul exemple dans l'histoire de l'humanité où l'on voit des nations étrangères offrir un territoire qui ne leur appartient pas à une communauté qui n'y résidait plus depuis des siècles. Pourquoi ne pas restituer aux Indiens d'Amérique leurs terres et en chasser tous les Blancs, ou rendre aux Aborigènes l'Australie ? Mon frère Chakhbout a toujours été un grand défenseur de la cause palestinienne, cause que je partage et partagerai totalement.

Lors de ma visite à l'ambassade, j'ai eu l'occasion de faire la connaissance d'un jeune homme d'une vingtaine d'années qui était présent ce jour-là, le fils de l'ambassadeur de Jordanie. C'était un Palestinien, comme son père, et il était né à Jérusalem. Il m'expliqua qu'il poursuivait des études au Queen's College, à l'université de Cambridge, et qu'il préparait un master en économie. Je n'imaginais pas alors que nos destins se croiseraient un jour.

Nous sommes revenus de Londres une semaine plus tard. À mon arrivée m'attendait une surprise de taille.

Pendant notre absence, Chakhbout avait effectué un déplacement en Jordanie, accueilli en grande pompe par le roi Hussein. Est-ce cet accueil qui l'a ému ? A-t-il été flatté ? Je ne le saurai jamais. J'ai seulement appris que, lors de sa visite, il avait fait don au gouvernement jordanien de 700 000 livres sterling. Je fus, je l'avoue, sidéré. Au moment où il faisait preuve d'une prodigalité aussi soudaine qu'incompréhensible, nos forces de sécurité n'avaient pas été payées depuis plusieurs mois et attendaient toujours de percevoir leurs arriérés de salaire. Je n'ai pas cherché à interroger mon frère. Une petite voix me soufflait qu'il devait certainement regretter son geste. Ce qui me fut confirmé par la suite par sir William Luce, le nouveau représentant anglais. Chakhbout lui avait confié qu'il s'en voulait d'avoir fait montre d'une générosité si hors de proportion avec l'argent qu'il consacrait à sa population. Conséquence indirecte ou non, peu de temps après je recevais une lettre m'informant que dorénavant j'avais tout pouvoir pour signer des chèques et effectuer les transferts d'argent en son nom. C'était un vrai bouleversement. Il me confirmait aussi qu'il avait demandé à Arabicon de lui soumettre un projet de réseau routier. Il s'agissait d'un consortium qui avait été fondé par des Britanniques peu avant mon départ pour Londres et avait offert leurs services de conseil à mon frère. Hélas, celui-ci refusa de débloquer le budget indispensable à la création des infrastructures proposées. De leur côté, les Anglais s'impatientaient et menaçaient de ne plus nous accorder leur soutien : notre pays était devenu à leurs yeux un fardeau. Par ailleurs, des chefs de tribus menaçaient de faire dissension si aucune amélioration de leur quotidien ne leur était proposée.

*

Je ne me souviens plus de la date exacte où tout a basculé. Sans doute vers la fin du mois de juillet 1966. Ce jour-là, d'importants membres de ma famille, des oncles, des cousins, mes frères, ma mère, Salama, sont venus me retrouver à Al-Aïn et nous avons pris place dans l'une des salles où j'avais pour habitude de recevoir les doléances des habitants de l'oasis et les visiteurs. Les visages étaient fermés, les regards exprimaient à la fois détermination et tristesse. À l'extérieur du fort, un vent de sable s'était mis à souffler, qui venait ajouter à l'atmosphère déjà pesante.

Comme nul ne se décidait à prendre la parole, ce fut ma mère qui s'exprima en premier.

— Mon fils, commença-t-elle avec gravité, tu sais l'immense amour que je porte à mes enfants, et de façon égale. Mais la situation ne peut plus durer. Que le Tout-Puissant me pardonne, Chakhbout n'est plus apte à diriger notre pays.

Ça y est, les mots étaient lancés. Lors de réunions précédentes ils avaient déjà été formulés, mais pas de manière aussi tranchée.

Je suis resté silencieux, pleinement conscient que nous vivions un moment crucial de l'histoire des Al-Nahyan.

Khalid dit d'une voix rauque :

— Notre mère a raison. Chakhbout doit abdiquer.

Un oncle, je ne sais plus lequel, s'empressa d'ajouter :

— En ta faveur, Zayed. Pour le bonheur de notre pays.

Et Khalid surenchérit :

— Tu es le plus compétent d'entre nous tous. Même les fils de Chakhbout, Cheikh Sultan et Cheikh Saïd, sont de notre avis. Et les Anglais approuvent notre décision, tout en ayant souligné qu'il s'agissait d'une affaire qui nous concernait. Nous seuls. Ils ne souhaitent pas s'en mêler. Ils nous ont seulement priés de les tenir au courant.

— Mais encore ?

— Si telle est notre volonté, ils sont disposés à informer Cheikh Chakhbout.

Mille pensées se bousculaient dans ma tête.

Une scène a surgi, qui s'était déroulée il y avait quelques années alors que nous avions passé la journée, mon frère et moi, à chasser. En début d'après-midi, j'étais allé prendre un peu de repos sous notre tente et je m'étais assoupi. Je dormais depuis peu lorsqu'un coup de fusil m'a réveillé. J'ai ouvert les yeux. Chakhbout était là, son Lee-Enfield à la main. Au début je n'ai pas compris. Puis j'ai vu la vipère. Morte à mes pieds. Mon frère m'avait sauvé la vie.

— Que décides-tu ? m'a demandé Salama.

Je ne sais plus qui m'a dit un jour : « Celui qui a le choix a aussi le tourment qui l'accompagne. » Avions-nous réellement le droit de démettre Chakhbout de ses fonctions ? J'ai aussi songé à sa fierté. À la blessure d'amour-propre que nous lui infligerions. Et s'il refusait ? Le serment fait à notre mère il y a bien des années a rejailli à ma mémoire : « Jurez, mes enfants, jurez de ne jamais vous entre-tuer, jurez-moi qu'aucun de vous ne versera le sang de l'autre. Jurez ! »

Un frisson m'a parcouru. J'ai déclaré d'une voix ferme :

— Promettez-moi que, si Chakhbout conteste notre décision, s'il la récuse, nous ne ferons rien pour le contraindre. Rien ! Promettez-le-moi ! Dans le cas contraire, c'est ici que notre discussion s'arrête. Je ne prendrai pas le pouvoir.

— Il n'en est pas question, approuva Khalid.

Et tous de confirmer.

Le vent soufflait plus fort. On l'entendait qui tourbillonnait dans la cour et dans la chevelure des palmiers.

J'étais pleinement conscient de me trouver à ce moment rare qui est celui de la rencontre entre le destin individuel et le destin collectif, entre un homme et un ensemble. Un dirigeant et un peuple. Pourquoi me mentirais-je ? Je caressais pour mon pays et depuis si longtemps des rêves inégalés. Secrètement. Passionnément.

— Que décides-tu, mon fils ? a répété ma mère.

Sa voix m'a tiré de ma méditation.

L'idée de heurter la dignité de mon frère m'était insupportable. Que faire ? Une fois encore, j'ai cherché la réponse auprès de Dieu. Lorsque j'étais enfant, l'imam d'Al-Aïn qui nous enseignait le Coran m'a dit un jour :

« Écoute-moi bien, mon petit, lorsque tu ne sais plus quel chemin emprunter, soumets-toi au destin arrêté par Allah. Confronté aux événements, n'essaye pas de modifier une ligne du texte qui est écrit à ton intention. D'ailleurs, tu ne le pourrais pas. Engage-toi sereinement dans la voie qu'Il te propose, efforce-toi d'en déchiffrer le sens et fais du mieux que tu peux pour atteindre l'objectif qu'Il t'a assigné. »

J'ai déclaré avec une fermeté dont je fus le premier surpris :

— J'accepte l'honneur que vous me faites.

Le 6 août, à 11 h 15, le colonel Freddy De Butts, commandant des Éclaireurs de la côte de la Trêve, et M. Paul Balfour, délégué du Foreign Office, se présentèrent chez Chakhbout et lui firent part de notre décision. J'ignore ce que les trois hommes se sont dit. Vers midi, alors que je me trouvais à qasr Al-Muwaiji, le téléphone sonna. Voilà peu que nous disposions d'une ligne de télécommunication avec la capitale.

— Zayed…

J'ai reconnu immédiatement la voix de mon frère.

— Que la paix soit sur toi.

— Et sur toi.

— J'ai devant moi le colonel De Butts. Il m'a transmis vos doléances.

J'ai senti un étau qui me serrait la poitrine.

— Et ?

— Je suis disposé à abdiquer. Sans conditions. Je suis

las. Voilà près de quarante ans que je dirige ce pays et je me fais vieux. Il est temps que je cède la place.

J'avais la bouche sèche. J'ai proposé :

— Mon frère, si tu le souhaites, tu peux rester au pouvoir. Tu peux continuer à régner en bénéficiant de tous les avantages dus à ton rang. Il suffirait que tu m'accordes le titre de ministre des Finances et me permettes de gérer les budgets à ta place.

— Ton offre est généreuse. Mais je ne veux pas.

Il se tut. J'ai perçu qu'il prenait une profonde inspiration, puis :

— Les Anglais ont suggéré que je quitte le pays. J'ai donné mon accord. Ce serait plus sage. Ma présence pourrait provoquer des troubles. Ils ont proposé Bahreïn. Cela me va. Le plus tôt serait le mieux.

J'ai acquiescé. Au tréfonds de moi j'étais bouleversé.

Quarante-huit heures plus tard, Chakhbout quitta Al-Hosn, salué par une haie d'honneur formée par sa garde et par un régiment anglais. Un Pembroke appartenant à la RAF l'attendait. J'avoue que j'avais les larmes aux yeux. C'était comme si on m'arrachait une part de moi.

À 14 h 50 l'avion s'est élevé dans les airs.

14

> Lis au nom de ton Seigneur qui a tout créé, qui a créé l'homme d'une adhérence !
>
> Lis, car la bonté de ton Seigneur est infinie !
>
> C'est Lui qui a fait de la plume un moyen du savoir et qui a enseigné à l'homme ce qu'il ignorait.

Qasr Al-Hosn, septembre 1966

Dans un mouvement qui lui était coutumier, Fatima posa sa main sur la mienne. Son visage juvénile m'est apparu plus beau que jamais. Quand je m'observais dans le miroir de ses yeux, je voyais mes rides. J'avais quarante-huit ans. Elle était dans la gloire de sa jeunesse. Il m'est arrivé de me dire que j'aurais bien aimé amarrer mon âge avec une corde. Ne plus vieillir et attendre que l'écart se réduise entre mon épouse et moi. Vaine pensée !

— Zayed, mon aimé, tu sembles perdu.

— Perdu ? Non. Mais je me sens comme quelqu'un qui s'apprête à escalader une montagne si haute que son sommet est invisible. La tâche qui m'attend est immense.

— Tu n'es pas seul. Cette main que je tiens, je ne la lâcherai pas.

J'ai désigné deux ouvrages disposés sur une table. Un Coran et un livre d'histoire.

— Comment as-tu appris à lire si vite ?

Elle afficha une expression étonnée.

— Comment as-tu appris à respirer ? J'ai soif d'apprendre. Comprendre. Et surtout de cerner le rôle que devrait jouer la femme dans notre société. Nos femmes sont assoupies depuis trop longtemps. Un jour, il faudra les réveiller. Elles ne peuvent pas se limiter à procréer et…

Je l'ai interrompue et j'ai complété sa pensée :

— … faire la cuisine ou le café, je sais. Tu me l'as souvent répété. Je l'ai toujours su et j'approuve.

Je me suis penché et j'ai chuchoté à son oreille comme si je confiais un secret :

— Elles auront même le droit de conduire.

Cette fois, elle partit dans un fou rire.

J'ai fermé les yeux, et je me suis allongé près d'elle.

Notre pays sortait à peine d'une crise financière majeure provoquée deux mois plus tôt par la dévaluation de la roupie décrétée par le gouvernement indien. Heureusement, mon frère avait réagi en remplaçant cette devise par le dinar bahreïni. Mais la crise avait laissé des traces et il y avait tant à faire.

— Rien dans le Coran ne s'oppose au progrès.

La remarque de Fatima m'a arraché un sursaut.

— Que dis-tu ?

Elle répéta et enchaîna :

— Dès le premier verset révélé au Prophète, paix et salut sur lui, notre religion a toujours encouragé la quête de la connaissance en plaçant les savants au plus haut degré d'accomplissement de l'échelle humaine.

Elle récita :

— « Lis au nom de ton Seigneur qui a tout créé, qui a créé l'homme d'une adhérence ! Lis, car la bonté de ton Seigneur est infinie ! C'est Lui qui a fait de la plume un moyen du savoir et qui a enseigné à l'homme ce qu'il ignorait. » N'est-ce pas un appel qui souligne la valeur de la science ? Une déclaration de guerre contre l'illettrisme, qui affirme avec détermination que l'évolution des hommes passe par la lecture et l'acquisition des connaissances ? N'est-il pas écrit aussi : « Ô mon Seigneur, accrois mes connaissances ! »

— Mais pourquoi me cites-tu tout à coup ces versets ?

— Pour que tu n'hésites pas. Tu as désormais le pouvoir de hisser notre pays vers les cimes. Fais-le, fais-le vite ! Bâtis-nous des écoles, des facultés, des musées, des universités. Bâtis ! Allah t'accompagnera. Je t'accompagnerai.

Elle conclut en baissant les yeux.

— Si tu le veux bien.

J'étais, je l'avoue, subjugué. Comment, à vingt-trois ans, pouvait-on posséder une pareille maturité ? Jusqu'à l'âge de dix-sept ans Fatima n'avait connu que son village d'Al-Hayer. Élevée au sein d'une noble famille, certes, mais dans la pure tradition bédouine. Toutefois, elle était déjà bien plus riche intellectuellement que nombre de gens qui avaient côtoyé les grandes écoles d'Occident.

— Tu le veux bien ? insista Fatima.

J'ai déposé un baiser sur son front et j'ai dit :

— Je le veux.

Alors que je me levais, prêt à quitter la chambre, elle a ajouté :

— Il y a autre chose.

— Je t'écoute.

— Lorsque tu vas construire des écoles. N'oublie pas.

J'attendis la suite.

— Autant d'écoles de garçons que de filles.

*

J'avais une certitude. Pour affronter le défi qui m'attendait, je devais m'entourer de gens d'expérience. Même si, pour l'heure, je ne voyais que des personnalités anglaises, je n'avais aucunement l'intention de négliger leurs conseils.

Un coup d'œil à nos finances laissait entrevoir à plus ou moins brève échéance des rentrées plus que substantielles. Les projections indiquaient que le revenu par habitant serait bientôt quatre fois plus élevé que celui du Koweït, lequel était déjà très important. Les taxes que nous versaient les compagnies pétrolières s'élevaient à

38 millions de livres sterling. L'année d'après, elles franchiraient le seuil des 58 millions.

Le destin nous a fait naître dans l'une des régions les plus arides de la planète. À la différence de nombreux pays, nous ne possédons ni fleuves ni rivières. J'ai vu la France, et l'Angleterre, et l'Amérique. Que de dons ! Que de forêts magnifiques ! Mais, heureusement, dans Son infinie sagesse, le Créateur a compensé nos manques par de l'or liquide. Il ne tenait qu'à nous d'en faire bon usage.

Deux jours après le départ de Cheikh Chakhbout, j'avais procédé à la distribution de plusieurs centaines de milliers de dinars aux plus démunis, tout en les encourageant à aller travailler dans les sites de forage où l'on commençait à manquer de main-d'œuvre. Les profiteurs étaient repérés et éliminés d'office.

Dans la foulée, le 22 août, j'avais créé un fonds de soutien pour tous les États de la Trêve, d'un montant de 500 000 livres sterling. Si je voulais un jour amener mes voisins à partager le grand projet qui occupait mon esprit, il était essentiel que je fasse un geste envers eux. Ce projet, je n'en avais parlé à personne, si ce n'est à Fatima, tant je le trouvais utopique. Mais il mûrissait. Il prenait forme. Et plus ma raison le jugeait hors de portée, plus mon cœur le sentait accessible.

Depuis le mois de mars 1966, un nouveau délégué anglais résidait chez nous. Sir Albert Thomas Lamb, que j'appelais Archie. Un ancien de la RAF. Dans les années 41, il avait formé des pilotes en Rhodésie. Et alors qu'il rentrait en Angleterre, son navire fut torpillé par les Allemands. C'est pur miracle s'il avait réussi à survivre neuf jours sur un canot avant d'être récupéré. Grand fumeur de pipe, il arrivait directement du Koweït, où il avait servi comme consul, et il parlait l'arabe couramment. Ses rapports avec Chakhbout avaient été plutôt tendus. Il désespérait de le convaincre – comme nombre d'entre nous – de l'urgence d'entreprendre des travaux structurels. Mais si la lenteur de mon frère exaspérait Archie, mon empressement l'inquiéta. Lorsqu'en décembre je lui fis part des réalisations que j'avais l'intention d'entreprendre et de leur rythme, il faillit avaler sa pipe.

— Cinq ans ! Vous avez bien dit cinq ans ? Excellence, vous n'êtes pas sérieux ? Vous voulez faire jaillir des sables une cité moderne en cinq ans ?

J'ai rectifié :

— Non, Archie, pas une cité, une nation. Vous savez, lorsque je me trouvais aux États-Unis, je me suis beaucoup intéressé à l'histoire industrielle de ce pays et tout particulièrement à l'un de ses dirigeants : Franklin Roosevelt. Lorsqu'en 1933 il a accédé à la présidence, il a hérité d'un pays en lambeaux. Vingt-cinq pour cent de la population étaient sans emploi. La protection sociale était inexistante, ou presque. La production industrielle, au plus bas. Les fermiers vendaient à perte ou ne vendaient pas du tout. Les banques étaient en faillite et leurs clients réclamaient en vain l'argent qu'ils y avaient déposé. Qu'a fait Roosevelt ? Il s'est donné non pas cinq années, comme j'en ai l'intention, mais cent jours ! Vous m'entendez, Archie, cent jours. Il a bousculé les habitudes, les lois ont succédé aux lois. Et il a réussi.

L'Anglais a affiché une moue sceptique.

— Pas vraiment. Désolé de vous décevoir, mais le fameux New Deal ne fut pas le succès que les Américains espéraient. Le président n'a pas été le magicien qui a fait sortir un lapin de son chapeau.

— Peut-être, mais il a tout de même mis en marche une transformation de son pays jamais égalée. Le chômage a été réduit de moitié, il a construit un million de kilomètres de routes, des milliers de ponts, des milliers de bâtiments publics, et plus de 250 aéroports.

J'ai marqué une pause, et rappelé :

— À la différence de Roosevelt, nous disposons d'une baguette magique – le pétrole – capable de convertir le désert stérile en jardin d'Éden. Cinq ans. En quoi est-ce choquant ? Ne croyez-vous pas que nous avons attendu suffisamment longtemps ?

— Bien sûr. Cependant, la précipitation, ainsi que l'absence de préparation, peut se révéler dangereuse pour vos finances. Si je devais vous donner un conseil, ce serait d'avancer, mais avec mesure.

— Que proposez-vous ?

— Pour commencer, je vous suggère de créer un comité consultatif composé de quatre ou cinq personnes expérimentées. Elles auront pour mission de mesurer les investissements que vous comptez entreprendre, et nous dire si nous allons trop loin, trop vite ou pas assez.

J'ai souri. Je ne connaissais personne dans mon entourage capable de faire partie d'un tel comité.

Archie a dû lire dans mes pensées.

— Accordez-moi quelques jours de réflexion et je vous soumettrai des noms.

J'ai accepté, et je me suis empressé de préciser :

— Un architecte. Je veux aussi un architecte. Quelqu'un de jeune. Quelqu'un de neuf.

Archie aspira une bouffée de tabac.

— Le premier nom qui me vient à l'esprit est celui de John Elliott. Il doit avoir une trentaine d'années. Je ne le connais pas personnellement, mais on m'en a beaucoup parlé. Si vous le désirez, je peux me renseigner.

— Faites donc.

Si j'en doutais, cette discussion m'a rappelé à quel point nous manquions d'experts et ce dans tous les domaines. Le monde en regorgeait, en particulier le monde arabe. À nous de les solliciter.

Une semaine après notre échange, Archie m'a fait savoir que l'architecte anglais dont il m'avait parlé était disposé à venir me rencontrer et, un mois plus tard, j'accueillais M. John Elliott à qasr Al-Hosn.

Il avait un visage rond. Affable. Derrière ses lunettes se devinait un regard vif, avec par moments des éclairs malicieux.

— Vous avez fait bon voyage ?

— Un peu long, Excellence. Londres n'est pas la porte à côté. Mais je suis ravi d'être là.

Il se hâta de m'indiquer :

— J'ai failli travailler pour votre frère. J'appartiens à l'équipe d'Arabicon.

— Arabicon. Le nom m'est familier.

— Nous avions soumis à Cheikh Chakhbout un projet de réseau routier. Hélas, il n'a pas jugé utile de donner suite. C'est dommage.

Je n'ai pas commenté.

— Et vous, monsieur Elliott ? Parlez-moi de vous.

— Je suis né à Portsmouth, diplômé de l'Architectural Association School of Architecture de Londres. Après avoir remporté une bourse du gouvernement finlandais à l'université technique d'Helsinki, j'ai travaillé trois ans dans un cabinet d'architectes à Stockholm. J'y ai conçu des plans d'extension pour de petites villes en Suède. En 1965, je suis rentré à Londres, où j'ai fait la connaissance de l'un des fondateurs d'Arabicon. Un jour, ils sont venus me voir et m'ont dit : « John, vous vous êtes occupé d'urbanisation en Suède et en Finlande. Nous avons un projet formidable pour vous. Il y a cette île dans le golfe Arabique. Le "père de la gazelle". Tout est à faire. Voulez-vous participer à l'aventure ? »

— Vous avez répondu oui, je suppose.

— Bien sûr ! Ce qu'on me proposait là, c'était le rêve de tout urbaniste. Une ardoise vierge, ou du moins un désert, et un homme derrière cette vision.

Il conclut en écartant les bras avec un sourire :

— Et me voilà.

15

Je veux des palmiers à hauteur d'homme !

Quand moi, John Elliott, je suis arrivé dans ce pays, en 1967, il n'y avait que quelques bâtisses près de qasr Al-Hosn, et une ou deux mosquées. Aucune route goudronnée, pas de corniche. Les navires devaient jeter l'ancre à un mile au large et tous les matériaux étaient amenés par canot sur le rivage.

Je revois des barges échouées à quelques mètres du bureau d'Arabicon où nous venions de nous installer, et des ouvriers, yéménites pour la plupart, qui transportaient des sacs de ciment sur leurs épaules sous une chaleur écrasante.

Le cheikh m'a très vite fait part de sa priorité : résoudre au plus vite les problèmes sociaux auxquels son pays était confronté. Il souhaitait dans un premier temps bâtir des logements pour les plus modestes. Non pas des maisons modernes, de style occidental, mais en harmonie avec l'environnement. *Buïut cha'biïa.* Des logements sociaux. Il en a défini lui-même les caractéristiques. Elles devaient être toutes identiques, de plain-pied, constituées de deux chambres à coucher, d'une cuisine, d'une salle d'eau et d'un espace vert suffisamment grand pour que les Bédouins puissent y garder leurs moutons, leurs chèvres ou leurs chameaux. Une fois les premières maisons construites, il invita les tribus nomades de la région à s'installer à Al-Aïn, et pour les encourager, il s'engagea à leur verser la somme princière de 1 000 livres sterling. Trente-cinq mille personnes ont répondu à son appel.

Il développa ensuite le même projet dans la capitale. Mais avec quelques nuances. Tout citoyen marié et chef de famille avait le droit d'acquérir une habitation à un prix modique. Priorité fut donnée aux familles nombreuses et une condition fut exigée : il était impératif que le jardin mis à leur disposition soit cultivé. Zayed avait visité Londres, Paris, l'Amérique et leurs avenues boisées. C'était cet environnement qu'il souhaitait reproduire. Il estimait que tout un chacun devait pouvoir à tout moment s'asseoir à l'ombre d'un arbre.

À ce propos, une anecdote me revient en mémoire. Nous avions commencé à planter des rangées de palmiers, longilignes, de ces palmiers qui atteignent une dizaine de mètres, comme on en voit en Californie. Cheikh Zayed a aussitôt réagi : « Nous ne sommes pas à Los Angeles ! Je veux des palmiers à hauteur d'homme ! » J'ai demandé : « Pour quelle raison, Excellence ? » Il m'a répondu : « Pour que celui qui le désire puisse accéder aux dattes ! »

Ce qui m'a le plus stupéfié, c'étaient ses qualités de visionnaire. Lorsque je l'ai rencontré, il avait déjà conçu à Al-Aïn des fermes expérimentales, testé des composts d'algues et de fumier, et planté de nouvelles espèces de végétaux réputées pour leur extrême résistance à la sécheresse. Lorsque deux ans plus tard je quittai le pays, on comptait près de trente fermes !

Personnellement, je n'ai jamais vu le cheikh utiliser un stylo ou du papier. C'est à l'aide d'une longue badine en bois, la même dont il se servait pour commander son chameau, qu'il dessinait ses plans dans le sable. Il avait cette capacité unique à pouvoir transposer les idées qui germaient dans son esprit et il comprenait instinctivement les notions d'échelle et d'espace. J'ai eu la chance d'être le premier à reproduire ce qu'il imaginait sur des feuilles. Je les emportais partout, parce qu'à tout moment il aurait pu me demander de les dérouler sur un tapis lors d'une *barza* ou au pied d'une dune.

Un matin, il m'a emmené à Al-Aïn dans sa Land Rover. Une autre voiture suivait, avec quatre soldats. Le cheikh tenait à cartographier lui-même le futur emplacement des logements sociaux. Nous nous sommes arrêtés dans l'oasis. Il a ordonné à un soldat de se placer à un point précis, puis à un autre de se poster en un second point à quelques centaines de mètres, et ainsi de suite. Une fois les quatre soldats en place, il a tracé un rectangle avec sa badine. Et m'a lancé : « Vous avez noté ? »

Il « voyait », je dis bien il « voyait » sa future cité. Une cité-jardin peuplée de parcs et d'espaces verts. Il rêvait d'une mer de verdure. Il « voyait » les hôpitaux, les bibliothèques, les universités. Je me souviens d'une mise en garde qu'il a prononcée, un jour que nous discutions dans son bureau à qasr Al-Hosn : « Attention, John, je ne veux pas d'une cité pétrolière ! Je veux une ville, une vraie ville. »

Hélas, cette merveilleuse expérience devait s'arrêter en 1968. Le contrat d'Arabicon n'a pas été prolongé. Je crois savoir que c'était en raison de défaillances majeures des matériaux de revêtement routier. Mais mon chemin ne tarderait pas à croiser de nouveau et maintes fois celui de Cheikh Zayed[1].

1. On doit à John Elliott la construction du plus somptueux palace du Golfe. L'Emirates Palace, qui fut inauguré en 2005, soit un an après la mort de Zayed. John, lui, est décédé le 13 septembre 2010, victime d'une pneumonie.

16

> Tu as désormais le pouvoir de hisser notre pays vers les cimes de la connaissance, vers le progrès. Fais-le, fais-le vite !

Mon nom est Katsuhiko Takahashi.

Tout a commencé en 1967, par un coup de fil de l'ambassadeur du Japon au Koweït : « Docteur Katsuhiko, Cheikh Zayed souhaite vous rencontrer[1]. »

Il s'agissait, selon le diplomate, de participer à la construction d'une capitale dans un pays dont je n'avais jamais entendu parler : le père de la Gazelle. L'agent de la Panam à qui j'avais posé la question m'avait répondu : « C'est une nouvelle ville dans les Caraïbes. »

Lorsque je suis arrivé le 17 septembre 1967, j'ai pu tout de suite constater qu'on était en train de transformer un village de pêcheurs en une cité moderne.

1. Il est coutumier dans les pays arabes de s'adresser à toute personne titulaire d'un doctorat, quel qu'il soit, en l'appelant « docteur ».

J'avais tout juste trente ans, et je venais de décrocher mon diplôme d'architecte à la Graduate School of Architecture and Planning de l'université Columbia, à New York. À cet âge on a l'inconscience et l'outrecuidance inhérentes à la jeunesse. Je m'entends encore répondre au cheikh le jour où il m'a fait part de ses idées : « Vous m'avez engagé parce que j'ai l'expérience que vous n'avez pas. Vous devriez m'écouter. »

À la réflexion, je me dis que je devais être fou. En tant que descendant d'une longue lignée de samouraïs, je savais que si un individu s'était adressé au shogun comme j'avais osé le faire il aurait été contraint de se faire seppuku !

Mais en ce temps-là, la plupart des conseillers qui entouraient le cheikh louaient systématiquement tout ce qu'il proposait. Personne n'osait le contredire. J'imagine donc qu'au lieu de me condamner ma franchise a eu le don de le séduire. L'homme était brillant et incroyablement ouvert d'esprit, mais nous étions souvent en désaccord. Moi, j'étais empreint de l'avant-gardisme d'un Le Corbusier, lui n'aspirait aucunement au spectaculaire. Il voulait une métropole pour les hommes et non l'inverse. Ses priorités se résumaient en quelques mots : sécurité, santé, éducation. Nous avons passé des journées entières à débattre des plans que je lui soumettais, à élaborer des croquis, des esquisses de bâtiments. Moi armé de crayons, le cheikh dessinant sur le sable à l'aide de sa badine.

Inspiré par ce qu'il avait vu à New York, il souhaitait que sa ville soit dotée de larges avenues rectilignes et ne cessait de me répéter : « Le chemin le plus court d'un point à un autre est la ligne droite. » Ce n'était pas mon point de vue.

Nos rapports devinrent plus complexes le jour où j'ai proposé que la capitale soit déplacée dans la région de Mafraq et de faire de l'île de la capitale originale une station balnéaire composée de villas et d'un port relié par une chaussée à la terre ferme. Malheureusement, cette idée n'a pas reçu l'assentiment de Cheikh Zayed. Non seulement il l'a formellement rejetée, mais il a même refusé d'en discuter.

Je crois bien que ce fut l'une des raisons qui ont conduit à la fin de notre collaboration. Je présume aussi que le cheikh était las de dépendre d'un traducteur et aurait préféré un architecte parlant l'arabe. Finalement, mon séjour au pays du père de la Gazelle aura duré moins d'un an et ce fut certainement l'une des périodes les plus instructives et les plus enrichissantes de ma carrière. À mon bilan, une partie du réseau routier, la construction de la corniche et – comme le souhaitait le cheikh – de nombreux espaces verts.

17

J'ai relevé un défi contre le temps, la pauvreté, l'analphabétisme et la maladie.

Le Dr Katsuhiko disait vrai : déplacer notre capitale était pour moi une hérésie. Nos ancêtres y avaient vécu. Notre histoire y avait ancré ses racines. Transformer l'île en un lieu de villégiature pour oisifs était à mes yeux impensable. En réalité, Takahashi était une sorte de chirurgien-architecte. Lorsque je lui disais : « Je ne veux pas ceci » ou « supprimez cela », il se mettait en colère et me répliquait : « Eh bien, Excellence. Si je fais ce que vous dites, ce ne sera pas mon projet, mais le vôtre. » N'était-ce pas une évidence ? Oui. Ce serait mon projet. Je regrette que nos oppositions aient abouti à son départ. Il était et demeure indiscutablement un architecte de talent[1].

1. Katsuhiko Takahashi est décédé en 2017. En avril 2018, Cheikh Abdullah bin Zayed Al-Nahyan, ministre des Affaires étrangères et de la

Je me suis tourné ensuite vers l'organisation des Nations unies pour le développement. Cette fois, je voulais un urbaniste arabe. J'étais las d'être toujours contraint de faire appel à un interprète. Plus une langue est riche, plus elle se prête à la littérature, à la beauté, ce qui est le cas de la langue arabe. Quelle que soit la qualité de celui qui traduit, les nuances lui échapperont toujours. Or il est des guerres qui peuvent naître d'un mot, d'une expression mal interprétée.

Les Nations unies m'ont suggéré un Égyptien : le Dr Abdel-Rahman Hassanein Makhlouf, fils du grand mufti du Caire. J'ai approuvé. Lorsqu'il a débarqué en novembre 1968, j'étais en déplacement à Genève pour assister à une réunion : la dispute territoriale qui nous opposait à nos voisins n'était toujours pas réglée.

À peine sur place, le Dr Makhlouf n'a pas perdu son temps. Il a commencé tout de suite à arpenter le terrain et à dessiner des croquis ; ce qui, à mes yeux, était un point en sa faveur. La première fois que nous nous sommes rencontrés, ce fut devant l'hôtel Intercontinental qui venait d'être construit face à la mer, un peu à l'écart du centre.

Nous nous sommes assis à même le sable et j'ai sans préambule annoncé au Dr Makhlouf que, malheureusement, il n'existait aucun plan de la capitale. À quoi il m'a répondu que cela ne posait aucun problème, qu'il était par-

---

Coopération internationale des Émirats arabes unis, a rendu hommage à sa famille au Japon et a rappelé l'importance de son travail.

faitement capable d'en dessiner un dans un délai de deux semaines. J'avoue m'être montré quelque peu sceptique. C'est néanmoins ce qu'il a fait. En s'aidant des esquisses de ces prédécesseurs, il a non seulement réussi à respecter le délai auquel il s'était engagé, mais a converti les unités de mesures anglo-saxonnes en système métrique. J'ai rapidement apprécié cet homme. De tous les urbanistes que j'ai pu côtoyer, nul doute que c'est avec le Dr Makhlouf que je me suis senti le plus en confiance et, en toute objectivité, je ne pense pas que ce fut en raison de ses origines. Je n'ai jamais attaché d'importance à la religion d'un être, ni à ses origines, ni à la couleur de sa peau. Ce que nous sommes est un choix d'Allah.

Makhlouf, lui, était fortement influencé par... un Grec, Aristote. Selon ce philosophe, l'État idéal doit être conçu en priorité pour le bonheur de ses citoyens et l'urbanisme est avant tout une mission sociale.

Il avait eu comme mentors des hommes qui, pour la plupart, avaient fait leurs études en France et non en Angleterre. Ils faisaient partie des plus grands architectes égyptiens. Sur les conseils de l'un d'entre eux, c'est en Allemagne, à Munich, qu'il était allé passer sa maîtrise. La reconstruction de ce pays rasé pendant la guerre était en cours. Son mentor lui avait expliqué : « Si vous voulez observer la planification urbaine et l'architecture en devenir, c'est là-bas ! » Il avait donc vécu quatre ans à Munich où l'efficacité des Allemands, leur énergie et leur sérieux l'avaient fortement impressionné. Ils savaient ce qu'ils voulaient et comment atteindre leur but. Il avait aussi été très touché par la ferveur des personnes impliquées dans les travaux de reconstruction et par l'attention qu'elles portaient à rebâtir leurs villes telles qu'elles avaient été avant la guerre. Cette expérience l'avait énormément marqué, et son travail chez nous s'en ressentait.

Assez rapidement, je l'ai nommé à la tête du département chargé de l'urbanisme, un poste qu'il a parfaitement honoré. Il avait envisagé que notre capitale devait être en mesure d'héberger une population de 250 000 habitants. En cela, il était en opposition avec un rapport d'Arabicon couvrant la période 1965-1975 qui prévoyait une population quatre fois moindre. Makhlouf était persuadé que nous allions connaître une formidable expansion. En quoi j'étais d'accord. En réalité, lui et moi nous nous trompions : aujourd'hui, en cette année 2004, ce chiffre a été multiplié par deux.

Je souhaitais que les constructions respectent une condition majeure : la cohésion sociale. L'objectif étant de bâtir des îlots d'habitations formés de sept maisons chacun, avec un espace suffisamment vaste entre elles. Je haïssais l'idée d'un « entassement », de bâtisses accolées les unes aux autres où l'être humain se sent étouffé. J'ai souhaité aussi que les maisons soient proches de mosquées, de services et d'écoles, et qu'on y prévoie un lieu de rencontre où les voisins pourraient se rassembler après la prière du soir. Makhlouf a travaillé sans relâche, assisté par un seul géomètre et un seul dessinateur.

En signe de gratitude, je lui ai accordé la citoyenneté de mon pays.

Je sais qu'il vient de fêter ses quatre-vingts ans et, grâce à Dieu, il est toujours en bonne santé et vit au Caire.

Au fil du temps, après le départ de Makhlouf, de nouveaux experts sont intervenus ainsi que de nouvelles entreprises, telles que Leuw Cather International Limited, basée à Los Angeles. En parallèle, j'ai réussi à m'entourer de personnalités extrêmement qualifiées, à l'instar du Dr Adnan Pachachi. Il fut entre 1959 et 1965 ministre des Affaires étrangères d'Irak, puis ambassadeur aux Nations unies. En exil à partir de 1971, il était venu se réfugier chez nous. Conscient de ses grandes qualités de diplomate, conscient aussi des précieux contacts qu'il avait noués un peu partout dans le monde au cours de sa carrière, je n'allais pas tarder à le nommer ministre d'État.

Un autre personnage, cher à mon cœur, m'a aussi accompagné le long de mon cheminement. C'est pur hasard si sa route a croisé la mienne pour la seconde fois. Mais qu'est-ce que le hasard, sinon la volonté masquée de Dieu ? J'ai précisé « la seconde fois », car la première est datée de 1966, alors que je visitais l'ambassade de Jordanie à Londres. Connaissant sa grande pudeur, je ne citerai pas son nom et je l'appellerai Nashibi.

Comme son père, il était d'origine palestinienne, né à Jérusalem. Après la tragique guerre de 1967, ne pouvant plus rentrer dans son pays, il avait décidé de travailler dans une petite entreprise familiale de construction qui venait de s'installer chez nous. J'ai cru comprendre que ce n'était pas sa vocation. Comme il parlait plusieurs langues, le français et l'anglais entre autres, il avait proposé ses services de pigiste à des journaux tels que le *Financial Times*. En avril 1968, il fut contacté par une équipe britannique qui préparait un documentaire et souhaitait m'interviewer. Les producteurs cherchaient un interprète. Nashibi était l'homme idéal. C'est ainsi que nous nous sommes revus. Dans l'instant, je ne l'ai pas reconnu, mais son visage m'était familier et je le lui ai fait remarquer. Il m'a aussitôt rappelé mon passage à Londres, à la résidence, et qui était son père. Cette rencontre prévue pour durer une heure s'est prolongée pendant trente-six ans. Nashibi ne m'a plus quitté. Il a occupé la fonction de directeur de l'information et publié le premier journal en langue anglaise de notre pays naissant. À mes côtés, il a parcouru le monde, fut mon confident, mon conseiller mais, surtout, il est devenu l'un de mes amis les plus chers.

*

Jour après jour, notre terre changeait de visage. Les routes goudronnées remplaçaient les pistes de sable et, dans le vieux quartier d'Al-Arish, des bâtiments tout neufs voyaient le jour en lieu et place des vieilles masures. À Bateen, l'aéroport qui nous faisait si cruellement défaut supplanta la casemate et la bande de sable qui servait jusque-là de piste d'atterrissage. Un autre aéroport, à vocation internationale, ne tarderait pas à sortir des sables. Un port à l'extrémité nord-est de l'île était en train de naître. L'artère composée de pierres et de boue séchée que j'avais fait construire à Maqta quelques années auparavant n'était plus qu'un souvenir. À la place s'élevait un magnifique pont de 300 mètres à quatre voies.

Ici et là, de grands hôtels dressaient leurs façades. Le tout premier, le Beach Hotel, n'est plus désormais qu'un vestige. Et les premiers hôpitaux et les premiers cinémas et des écoles pour garçons et, comme je l'avais promis à mon épouse, des écoles pour filles. Les uniformes, la cantine, les manuels scolaires étaient gratuits. Et pour encourager les enfants à s'y rendre régulièrement, je leur avais accordé une gratification de 6 dollars par jour. Toujours fervent défenseur de l'éducation, j'avais d'ailleurs instauré un système de bourse qui permettait aux étudiants les plus talentueux de rejoindre les meilleures universités en Angleterre, aux USA ou en France.

Des centres commerciaux et des ambassades ouvraient leurs portes. Parallèlement, de grandes structures émergeaient telles que le Théâtre national, le palais de justice, un complexe sportif, une fondation culturelle. Les réseaux d'électricité, d'eau, de téléphone et d'assainissement se déployaient à grande vitesse. On dénombrait 5 000 fermes en 1977, ce chiffre allait être multiplié par quatre en vingt ans.

Un jour, alors que je me trouvais à Al-Aïn avec mon ami Farès, j'avais désigné un espace empli de palmiers et déclaré : « Ici, un jour, il y aura une école, là un hôpital. »

Et ma prédiction était en voie de réalisation.

J'avais relevé un défi contre le temps, la pauvreté, l'analphabétisme et la maladie, soutenu par les propos de mon épouse Fatima qui me revenaient sans cesse : « Tu as désormais le pouvoir de hisser notre pays vers les cimes de la connaissance, vers le progrès. Fais-le, fais-le vite ! Bâtis-nous des écoles, des facultés, des musées, des universités. »

En observant la métamorphose que j'avais entreprise ressurgissaient, tels des éclats de lumière, les visages de personnes demeurées longtemps anonymes et qui, chacune à sa manière et en toute modestie, avaient contribué à l'essor de mon pays.

Ce n'étaient pas d'illustres ingénieurs, ni des experts, ni d'éminents économistes, mais des gens simples dont les qualités premières étaient la générosité et la grandeur d'âme.

Qui se souvient de Mama Zulekha ? De son vrai nom le Dr Zulekha Daud. Elle fut la première femme médecin indienne à venir pratiquer chez nous. Comme nombre de gens, elle n'avait jamais entendu parler de la région avant son arrivée sur la piste d'atterrissage de la base de l'armée de l'air britannique à Sharjah. C'était au plus fort de l'été, un 20 août 1964. Il faisait si chaud qu'elle avait cru descendre dans un volcan. Peu de temps auparavant, son mari et elle avaient travaillé à l'American Mission Hospital au Koweït. Elle ne savait que quelques rudiments d'arabe. Elle s'est dévouée sans relâche, de l'aube à la tombée de la nuit, soignant les doigts des pêcheurs transpercés par des hameçons, ou des enfants qui, faute d'eau potable, avaient bu par inadvertance du kérosène.

Elle dut faire face à toutes sortes d'urgences médicales : accouchements, morsures de serpents, fractures, variole, pneumonie. À cette époque, elle n'avait que peu d'instruments pour établir un diagnostic ; elle se fiait surtout à son intuition. Sa réputation s'était répandue si rapidement que des gens venaient même de Mascate pour la consulter.

Que Dieu bénisse Mama Zulekha. Nous la porterons toujours dans nos cœurs.

Et comment oublier le Dr Frauke Heard-Bey, cette grande dame que le souffle du destin avait poussée vers nos rives en 1967 ? Après de brillantes études d'histoire à Berlin, dont une thèse de doctorat sur le sort de cette ville lors des bouleversements politiques qui avaient suivi la Première Guerre mondiale, elle s'était mariée. Et elle avait suivi son époux, David Heard, un ingénieur pétrolier venu explorer nos gisements.

Je venais tout juste de décider la création d'un centre de documentation et d'archives afin d'y réunir tous les écrits qui traitaient de l'histoire de notre pays, et du Golfe en général. Il me paraissait essentiel que les nouvelles générations conservent une trace de notre passé. Celui qui ne connaît pas son passé ne peut tirer le meilleur parti de son présent et de son avenir, car c'est du passé que nous apprenons.

Faute de lieu adéquat, j'avais choisi une grande pièce à qasr Al-Hosn.

En réalité, la création de ce centre m'avait été soufflée par un historien égyptien, le Dr Mohammad Morsi Abdallah, qui travaillait à l'époque à Doha, au Qatar.

En 1966, il se trouvait à Londres où il avait été invité à participer à un colloque organisé par plusieurs érudits orientalistes qui s'inquiétaient du prochain retrait des Britanniques de la région du Golfe. C'est au cours de son séjour qu'il avait appris que l'India Office Library, à Londres, avait collecté des milliers de documents, de traités, d'échanges épistolaires qui avaient trait à notre région. Aussitôt, une idée avait germé dans son esprit : « Pourquoi ne pas créer le même type de bibliothèque au pays du père de la Gazelle ? » Il avait fait part de son idée à l'un de mes amis qui était aussi l'un de mes proches collaborateurs : Ahmed Khalifa Al-Suwaidi, homme de lettres, féru de poésie arabe et grand poète lui-même. La culture pour lui n'était pas qu'un simple mot, c'était sa profession, sans compter que lui et moi partagions la même passion pour Al-Mutanabbi. Al-Suwaidi avait tout de suite perçu l'intérêt d'un tel projet. Il me l'avait soumis et j'avais immédiatement donné mon accord.

Au départ, ce centre – très modeste – était composé du Dr Abdallah et de trois fonctionnaires, parmi lesquels un préposé au café. Au premier étage, une pièce était réservée aux télex sous la responsabilité de deux Indiens originaires du Kerala. Mon bureau se trouvait presque accolé à celui d'Al-Suwaidi. C'était un va-et-vient incessant. On pouvait croiser des Bédouins avec leurs faucons aux poignets, des chameliers, des politiciens étrangers, Yasser Arafat ou Leïla Khaled, la résistante palestinienne, et surtout de nombreux solliciteurs qui patientaient en attendant que je les reçoive. Certains empruntaient aussi des livres qu'on ne reverrait plus.

Ce fut un ou deux ans après son arrivée que le Dr Frauke avait franchi pour la première fois l'entrée de qasr Al-Hosn. Elle devait avoir vingt-cinq ou vingt-six ans. On lui avait dit que c'était au centre qu'elle pourrait trouver des informations sur la période relative aux États de la Trêve. Elle s'y était donc rendue et avait demandé au Dr Abdallah s'il voulait bien l'autoriser à consulter les ouvrages. Il n'avait pas hésité à donner son accord. Ce n'était pas tous les jours qu'une historienne, éminente de surcroît, venait lui rendre visite. Il ne fallut pas longtemps à Mme Heard-Bey pour comprendre qu'elle était tombée sur un véritable trésor.

Je ne sais plus si ce fut le jour même, ou quelque temps plus tard, qu'elle s'est proposé de trier les ouvrages et les cataloguer. Non seulement le Dr Abdallah fut ravi, mais il lui attribua même un salaire. Il était si minime qu'elle est incapable aujourd'hui encore de se souvenir du montant.

Ce fut ainsi que, jour après jour, elle se consacra à cette tâche, établissant même des liens avec d'autres bibliothèques internationales, telles que celle du Congrès à Washington. Elle découvrit l'existence dans les archives officielles du Caire de précieux documents qui relataient la campagne militaire que Mohammad Ali, le vice-roi d'Égypte, avait livrée dans la Péninsule arabique au XIXe siècle. Nul doute qu'il s'agissait de pièces d'une grande valeur pour qui s'intéressait à l'histoire du Golfe.

Elle fit part de l'affaire à un érudit émirati du nom d'Ali Tajir qui travaillait avec elle au centre. Celui-ci, plein d'enthousiasme, se proposa d'aller au Caire pour obtenir des autorités égyptiennes l'autorisation de photocopier les documents en question. Qui lui fut refusée. Pourquoi ? Tout simplement parce que le bureau des archives ne disposait pas de… photocopieuses. La guerre des Six Jours était passée par là et l'Égypte avait décidé de boycotter tous les produits américains – les États-Unis étant l'allié indéfectible d'Israël – dont ceux de la compagnie Xerox, réputée pour ses photocopieuses. Pas découragé le moins du monde, Ali Tajir imagina un stratagème pour contourner l'obstacle. Il nous convainquit d'acheter la machine et d'en faire don aux archives du Caire. Une fois notre accord obtenu, ce brave homme attendit patiemment dans la capitale égyptienne que le matériel soit livré. Ensuite, il photocopia lui-même tous les documents, un par un, et il revint chez nous, triomphant.

Il me souvient que je me rendais assez souvent au centre et que j'invitais à déjeuner les membres de l'équipe ainsi que le Dr Frauke Heard-Bey. En ce temps, elle était la seule présence féminine et j'insistais pour qu'elle siège à ma droite. Nous avions des conversations des plus plaisantes. Nous parlions beaucoup… des gazelles. Mme Heard-Bey et son époux en possédaient deux dans leur jardin. C'est peut-être ce qui m'a donné l'idée de créer un zoo à Al-Aïn.

Par ailleurs, le couple ne manquait jamais l'occasion de fêter en notre compagnie l'Aïd Al-Fitr qui célèbre la fin du mois de Ramadan. Je me rappelle un soir où, pour je ne sais plus quelle raison, David, le mari de Mme Heard-Bey, est venu seul. Lorsqu'il est arrivé à qasr Al-Hosn, les gardes ont refusé de le laisser entrer. Et pour cause : c'était la première fois qu'il se présentait sans son épouse : aux yeux des militaires, c'était elle le visiteur officiel ! Bien entendu, j'ai immédiatement fait le nécessaire pour qu'on l'autorise à nous rejoindre.

Pendant vingt-neuf ans, qasr Al-Hosn devint la seconde maison de Mme Heard-Bey. À elle seule, elle a trié, numéroté, rangé sur des étagères qu'elle faisait venir d'Allemagne des milliers de livres accumulés.

En fin de compte, grâce à cette femme étonnante, ce qui n'était au départ qu'un modeste centre de documentation est devenu les Archives nationales des Émirats. Ce sont des êtres comme elle, des êtres d'exception, qui ont aidé à faire connaître le vrai visage de mon pays[1].

1. Le Dr Frauke Heard-Bey est – entre autres – l'auteur d'un ouvrage de référence sur cette région, *From Trucial States to United Arab Emirates*, publié en 1982 par Longman Group. Membre des plus prestigieuses organisations, elle a siégé au conseil de l'Autorité pour la culture et le patrimoine pendant toute la durée de ses fonctions. À l'heure où nous écrivons ces lignes, le Dr Heard-Bey vit toujours à Abu Dhabi. En 2007, un prix lui fut remis par Son Excellence Cheikh Mohammed bin Zayed, prince héritier.

18

« Serre-moi la main », m'a demandé alors Cheikh Rachid.

J'ai pris sa main.

Les Émirats arabes unis venaient de naître.

Je n'aime pas la solitude.

Déjeuner ou dîner seul m'est insupportable. L'échange est important à mes yeux. J'avais donné comme instruction à mon chef du protocole de ne refuser aucune demande d'audience, qu'elle émanât d'un anonyme ou d'une célébrité. Qu'aurait pu m'apporter un homme de peu de culture ou ignorant des grands problèmes de notre monde. La réponse est simple : tout autant qu'un expert, mais dans un univers différent.

Dans chaque vie sonne cette heure où l'homme est en proie au doute, où toute la vanité de son existence le submerge et lui fait perdre sa confiance. Il arrive aussi que l'amour de soi, l'orgueil, le pousse à déclarer irréel ce qui est réel et vrai ce qui est faux. Dans ces moments-là, seules les rencontres avec des êtres simples, ancrés dans la réalité du quotidien, sont susceptibles de le ramener sur terre.

Lorsque pendant six mois le mal qui me rongeait m'a imposé d'être hospitalisé à Cleveland, aux États-Unis, j'étais accompagné par deux collaborateurs et par mon fidèle interprète, Nashibi. Leur présence aurait dû me suffire. Pourtant, tous les matins, au moment du petit-déjeuner, je conviais dans ma chambre le personnel hospitalier, infirmiers, aides-soignants, médecins. Tous ceux qui n'étaient pas retenus par des obligations.

En règle générale, j'ai toujours su aussi qu'une émotion, si intense soit-elle, pouvait devenir bien plus intense encore dès lors qu'elle était partagée. S'émerveiller en solitaire devant un paysage est bien, mais vivre à deux cet émerveillement est mieux. Écouter un poème, un air de musique en osmose avec son entourage décuple, me semble-t-il, l'émotion ressentie.

Je n'aime pas la solitude.

Pourtant, j'éprouve un besoin irrépressible de me réfugier dans le désert. J'aime sa vastitude. Le mouvement indicible des dunes. Le souffle chaud qui caresse mon front. Ce parfum indéfinissable qui n'en est pas un et qui, paradoxalement, embaume l'air. J'aime ces instants, entouré du silence. Ils me permettent d'aller à la rencontre de mon Créateur et de dialoguer avec Lui comme un fils avec son père. Car c'est en Dieu que j'ai toujours puisé ma force.

*

— Êtes-vous au courant de la nouvelle, père ?

Je me trouvais à Al-Aïn, lorsque mon fils aîné, Khalifa, m'a rendu visite en 1967. Il a déposé sur mon bureau un exemplaire du *Daily Express* et a poursuivi d'une voix rauque :

— Les Anglais nous abandonnent.

J'ai jeté un coup d'œil sur la une. Il était écrit en gros caractères : *Withdrawal of British forces East of Suez.* Retrait des troupes britanniques de l'est de Suez[1]. Suivait un extrait du discours du secrétaire à la Défense, Denis Healey, qui détaillait les raisons du retrait. L'Angleterre était au bord de la faillite et le premier poste de dépense concernait celui de la Défense. Par conséquent, le gouvernement travailliste de Harold Wilson considérait que l'heure était aux économies et qu'elles pouvaient être réalisées si le pays démantelait ses bases militaires installées en Asie et au Moyen-Orient.

Khalifa m'a interrogé :

— Qu'en pensez-vous, père ?

J'ai levé les yeux vers mon fils.

Il allait sur ses dix-neuf ans et je pensais faire de lui mon successeur. J'estimais qu'il serait à la hauteur.

1. À cette époque, l'expression « l'est de Suez » faisait référence aux intérêts britanniques extérieurs au théâtre européen. Notamment la Malaisie, Singapour et le Moyen-Orient.

J'ai répondu :

— Je ne peux pas croire qu'ils vont plier bagage et nous abandonner à notre sort alors que nous sommes sans défense. Ils nous laisseront sûrement le temps de constituer une force armée avant de se retirer.

— Que Dieu t'entende, père.

Mes espoirs devaient très rapidement être déçus.

Quelques jours plus tard, lord Goronwy-Roberts, le secrétaire d'État aux Affaires étrangères, a sollicité une entrevue. Je l'ai reçu à qasr Al-Hosn.

Quand il s'est glissé dans un siège en face de moi, sa voix a résonné comme un couperet :

— Nous allons partir, Excellence.

J'ai pris mon chapelet d'ambre et fait rouler les perles entre mes doigts.

— Je suis au courant.

Il a adopté une moue affligée pour préciser :

— Croyez que nous le regrettons.

J'ai fait observer calmement :

— *My lord*, la Grande-Bretagne a toujours été notre premier ami dans cette partie du monde. Notre protecteur. Vous en êtes conscient, n'est-ce pas ?

— Bien sûr, Excellence. Et cette amitié demeurera inchangée, n'en doutez pas. Cependant, le coût de notre présence est devenu beaucoup trop lourd pour les caisses de l'État.

— Vous n'ignorez pas que nous avons des voisins iraniens menaçants. Si jusque-là ils n'ont pas osé bouger, c'est parce que vous étiez présents. Alors que demain…

Non, *my lord*. Il est indispensable que l'Angleterre nous accorde du temps.

J'ai répété :

— Indispensable.

— Je comprends votre situation. Mais la Grande-Bretagne ne souhaite plus passer pour une puissance impérialiste. Elle n'en a d'ailleurs plus les moyens.

— Pendant près de deux siècles, à aucun moment vous n'avez jugé utile de préparer notre pays ni son peuple à l'indépendance. Vous n'avez défini aucune frontière dans notre région. D'ici à Ras Al-Khaïmah, personne ne peut déterminer où commence et où finit son territoire. Vous vous êtes contentés d'envoyer un officier qui a parcouru les émirats à dos d'âne pour demander à chaque tribu à quel chef elle faisait allégeance. Et voilà que, du jour au lendemain, vous décidez de nous lâcher.

— Rassurez-vous, Excellence. Nous ne partirons pas sur-le-champ. À mon avis pas avant trois ans.

— Trois ans. Et vous vous imaginez qu'en trois ans je pourrais constituer une armée digne de ce nom ?

Baissant les yeux, il m'a confié :

— Entre vous et moi, j'ai comme l'impression que quelques vieux charpentiers de Westminster ont assemblé à la hâte un cercueil pour y déposer le Golfe.

L'image me fit froid dans le dos.

J'ai réfléchi un moment, et suggéré :

— Que diriez-vous si nous prenions vos dépenses à notre charge, le temps que nous formions nos propres forces armées ? Ainsi, il n'en coûtera rien au contribuable anglais.

— Je ne peux vous répondre. Je n'en ai pas le pouvoir. Tout ce que je peux vous promettre, c'est d'en référer au gouvernement de Sa Majesté et il vous fera part de sa décision.

— Très bien. Mais je vous préviens : je ne compte pas rester immobile.

— C'est-à-dire, Excellence ? Que comptez-vous faire ?

— Vous le saurez en temps et en heure.

Lord Goronwy-Roberts est reparti. De nous deux, c'est lui qui paraissait le plus inquiet.

Nous étions le 4 juin 1967. Je m'en souviens très clairement car, le lendemain, la guerre des Six Jours éclatait et les Arabes connaissaient l'une de leurs plus grandes humiliations.

*

Le 6, les chars israéliens commandés par le général Yitzhak Rabbin s'emparèrent de la bande de Gaza. Le lendemain, ils n'étaient plus qu'à 40 kilomètres du canal de Suez. Simultanément, Tsahal livrait bataille contre les Jordaniens dans la vieille ville de Jérusalem. Le 8, la partie arabe tombait entre les mains des Israéliens. Lorsque les affrontements cessèrent, Israël contrôlait toute la péninsule du Sinaï, jusqu'au canal de Suez, la bande de Gaza, la Cisjordanie, la totalité de Jérusalem et le site stratégique des hauteurs du Golan, en Syrie.

Jérusalem !

Quelque temps auparavant, j'avais visité la Ville sainte avec Chakhbout et celui qui fut mon cher ami, le roi Hussein de Jordanie. Les dirigeants de ce monde ont coutume de se rencontrer, de se donner l'accolade, d'échanger mille compliments. Ils vous sourient. Mais que pensent-ils de vous au tréfonds d'eux-mêmes ? Qui pourrait le dire ? Cette question, je ne me la suis jamais posée à l'égard de Hussein. On le surnommait le Petit Roi. Lorsqu'il nous a quittés, il y a cinq ans[1], je n'ai pas essayé de retenir mes larmes. Fatima s'en souvient encore, quand, de retour chez nous, je me suis réfugié dans ses bras. Moi, quatre-vingt-un ans, cherchant le réconfort auprès d'une femme qui avait vingt-cinq ans de moins. Elle était tout à coup une mère et moi son enfant. Quand l'émotion vous étreint, les frontières de l'âge se diluent.

À Jérusalem, je m'étais recueilli dans la mosquée entre mon frère et Hussein. J'avais caressé les vieilles pierres avec constamment à l'esprit cette nuit sacrée au cours de laquelle le Prophète, paix et salut sur lui, chevauchant Buraq, a posé son pied sur l'Esplanade. Jérusalem est certainement un lieu sacré pour les juifs. Il l'est aussi pour les chrétiens et pour nous, les musulmans. Jérusalem appartient aux gens du Livre, *Ahl Al-Kitab*, et personne n'a le droit d'en faire une propriété privée. Voilà des millénaires que cette ville saigne. Babyloniens, Perses, Grecs, Romains, Arabes, Francs, Mamelouks, Ottomans, Bri-

1. Le 7 février 1999.

tanniques, tous ont foulé son sol, tous y ont versé le sang et il n'est pas impossible qu'elle disparaisse un jour, réduite en cendres pour avoir été trop désirée, à moins que les trois Prophètes ne sortent de leur silence et ne se décident à n'être qu'un seul cœur pour que le cœur d'Al-Qods continue de battre.

Face à la défaite des armées arabes, je n'imaginais pas de rester les bras croisés. Avant même l'arrêt des hostilités, j'ai publié un décret.

DÉCRET D'ÉTAT N° 4 DE 1967 (COPIE TRADUITE) À TOUS LES MINISTÈRES.

Parce que nous croyons fermement à notre rôle dans la bataille d'honneur dans laquelle la nation arabe est engagée, et pour exprimer notre solidarité avec nos frères dans leur lutte pour la liberté, nous avons décidé de cesser d'exporter notre pétrole vers les pays qui tentent d'aider ou de soutenir Israël. Nous demandons à Allah Tout-Puissant de nous accorder le succès dans notre soutien à tous les Arabes et à tous les musulmans.

Publié le 9 juin 1967. Zayed bin Sultan Al-Nahyan.

La grande bataille censée libérer la Palestine s'était transformée en débâcle. Pour les Palestiniens, une nouvelle aube tragique venait de se lever.

Je l'ai souvent répété : je ne suis pas un homme de conflit mais de dialogue. Pour établir ce dialogue, il est nécessaire d'être deux. Dans ce cas précis, il était clair que l'interlocuteur, en l'occurrence Israël, n'avait nullement l'intention de se prêter à une discussion franche ni à la moindre concession. Mon frère Chakhbout l'avait très vite compris, qui a toujours condamné la partition de la Palestine. Comme je l'avais expliqué à l'envoyé britannique, nous ne disposions d'aucun poids militairement. Nous n'avions pas d'autre choix que de tendre la main à nos frères. Dans les mois qui suivirent, j'ai débloqué 20 millions de dollars en faveur de l'Égypte et de la Syrie, et 13 millions à la Jordanie. C'était ma façon de contribuer à la reconstruction de ces pays. J'ai exhorté les États-Unis et toutes les puissances mondiales concernées par la paix à envoyer des observateurs internationaux pour assurer la protection du peuple palestinien contre la brutalité de l'armée israélienne. On ne m'a pas écouté.

J'avoue que je n'ai jamais compris comment un peuple qui a tellement souffert de l'horreur nazie pouvait se comporter aussi cruellement à l'égard d'un autre. Moi qui aime tant la poésie, je me récite souvent ces magnifiques vers d'Ahmed Chawqi, le prince des poètes, qui illustrent si bien l'attachement profond à la patrie :

Ma patrie, si à sa place on m'offrait le paradis
Je continuerais de rêver d'elle
Dieu sait que jamais son image ne m'a quitté
Pas un seul moment sa présence ne m'a déserté

Dois-je préciser que je ne fais pas partie de ceux qui prêchent qu'il faut « jeter les juifs à la mer », ce qui est non seulement barbare, mais stupide. Toute créature de Dieu a le droit de vivre. « Tu ne tueras point » est un commandement plus qu'inviolable. Et nul autre que le Seigneur Dieu, Maître des univers, ne peut s'arroger le droit d'en priver quiconque. Il est dit : « Quiconque fait périr une vie humaine, c'est comme s'il tuait l'humanité tout entière. »

En revanche, je suis un légaliste. Le 22 novembre 1967, à la majorité absolue des 15 membres, les Nations unies ont voté la résolution 242. Elle soulignait l'inadmissibilité de l'acquisition de territoires par la guerre et la nécessité d'œuvrer pour une paix juste et durable permettant à chaque État de la région de vivre en sécurité. De même, elle exigeait le retrait des forces armées israéliennes des territoires occupés. Pour moi, ce texte est clair et sans appel. Tant qu'il ne sera pas mis en application, je ne vois aucune raison de ne pas continuer de soutenir les droits du peuple palestinien. Si l'injustice est muette, la justice doit crier.

*

Ce 4 juin donc, après le départ de Goronwy-Roberts, j'ai enfourché mon cheval, et je suis parti dans le désert, sans garde du corps. Chevaucher reste pour moi une passion que je partage avec la chasse au faucon. C'est mon père – paix à son âme – qui m'a enseigné l'équitation. Il connaissait les chevaux comme s'il les avait enfantés : « Ton cheval, tu dois apprendre à lui parler, tu dois lui enseigner des attitudes, des mouvements qui sont innés en lui, mais qu'il doit développer. » Il avait raison. Avec le temps, j'ai acquis une sorte d'oreille intérieure. J'en suis arrivé à croire que les chevaux, le mien en tout cas, s'exprimaient. Mon père m'a lancé : « Le cheval est ton ami. »

Depuis ce jour-là, j'ai mieux compris ces vers de Mutanabbi :

Les bons chevaux comme les vrais amis sont rares,
Seuls les profanes les imaginent nombreux
Si tu ne vois que leur apparence
Alors tu n'as rien vu.

Au bout de deux heures de chevauchée, j'ai mis pied à terre, je me suis assis en tailleur sur le sable et j'ai médité. J'ai repensé à cette idée qui bouillonnait dans ma tête depuis deux ou trois ans et très vite j'ai conclu que le départ prochain des Britanniques était un signe du ciel puisqu'il ne laissait plus de place à l'hésitation.

Lord Goronwy-Roberts avait déclaré : « J'ai comme l'impression que quelques vieux charpentiers de Westminster ont assemblé à la hâte un cercueil pour y déposer le Golfe. »

Nous allions leur prouver qu'ils se trompaient.

Le Golfe. Et dans son cœur, les Émirats : Bahreïn, le Qatar, Dubaï, Ajman, Sharjah, Fujaïrah, Ras Al-Khaïmah et Omm Al-Qaïwaïn. Et le mien, le « père de la gazelle ».

Neuf États.

Un seul peuple. Une seule entité.

Neuf États, avec chacun son dirigeant, ses coutumes, ses susceptibilités, ses désirs d'indépendance, ses aspirations, soucieux de ses propres intérêts. Certains plus riches ou plus en avance que d'autres.

Neuf États et leur passé, où couvaient de vieilles mésententes, des dissensions, des luttes de pouvoir.

Neuf États issus du même sang, tout à la fois frères et étrangers.

Les unir, faire de leurs différences une force, une seule nation, un roc. Tel était le rêve qui me hantait. Sans cette communion des terres et des âmes, comment serions-nous en mesure de faire face à l'hostilité du monde qui nous entoure ? Comment pourrions-nous résister aux coups de boutoir des puissants ? Voilà une dizaine d'années que l'Europe s'était engagée dans une voie qui conduirait, j'en étais certain, à la création d'une union des nations. Pourquoi pas nous ? De toute façon, si nous n'en étions pas capables, nous risquerions d'être obligés de vivre recroquevillés sur nous-mêmes, et toujours dans la crainte.

Dans le même temps, j'avais conscience que tout seul, jamais je n'arriverai à convaincre mes voisins d'adhérer à mon projet. J'avais besoin d'un soutien. Nous devions être au moins deux. Je n'ai pas eu à réfléchir longtemps, un nom m'est venu à l'esprit, le plus digne : Cheikh Rachid bin Saïd Al-Maktoum.

Depuis une dizaine d'années, Cheikh Rachid, de six ans mon aîné, régnait sur Dubaï. En un temps record, il avait transformé un petit groupe de colonies localisé dans une crique en une ville portuaire moderne et en un pôle commercial. Je n'ignorais rien de sa vie, comme il savait tout de la mienne. Avec un grand sang-froid, il avait sauvé Dubaï de plusieurs crises économiques, notamment lors du déclin du commerce des perles et le blocus maritime imposé par l'Angleterre après la Seconde Guerre mondiale à tous les ports de la région. Un jour il avait déclaré sous forme de boutade : « Mon grand-père montait un chameau, mon père montait un chameau, je conduis une Mercedes, mon fils conduit une Land Rover, son fils conduira une Land Rover, mais son fils montera un chameau. » Ce n'était pas une boutade. Cheikh Rachid craignait que le pétrole découvert sur son territoire en 1966 ne s'épuise en quelques générations. Il s'était donc employé à développer l'économie afin qu'elle puisse survivre à « l'après pétrole », faisant de son pays une plaque tournante du commerce dans la région. Un homme empreint d'une pareille sagesse ne pouvait être insensible à l'idée que je souhaitais lui soumettre. J'étais optimiste. Après tout, au-delà de nos divergences, nous avions été élevés par des mères aux personnalités comparables. La sienne, Cheikha Hussa, et la mienne possédaient la même force de caractère. Et toutes deux ont laissé en nous une empreinte indélébile. De surcroît Latifa bint Hamdan, l'épouse de Cheikh Rachid, n'était autre que ma cousine germaine.

Le lendemain, de retour à qasr Al-Hosn, j'ai fait parvenir un message à Cheikh Rachid sollicitant une entrevue. Sa réponse n'a pas tardé. Nous avons fixé d'un commun accord de nous rencontrer.

*

18 février 1968, désert d'Argoub Al-Sedirah

C'est au cœur du désert que nous nous sommes retrouvés.

Je n'étais plus Cheikh Zayed.

Il n'était plus Cheikh Rachid.

Nous étions deux Bédouins, sous l'éclat implacable du soleil.

L'endroit, une colline à mi-chemin de Dubaï et de mon pays, avait été choisi par Mohammed, l'un des fils de Cheikh Rachid qui avait alors dix-neuf ans, soit un an de moins que mon fils Khalifa.

Deux tentes furent dressées. L'une, ouverte sur le nord afin que la brise s'y engouffre ; l'autre au sud, pour ceux qui nous escortaient.

Les hommes ont allumé un feu et préparé un repas.

Cheikh Rachid et moi avons marché vers la tente située au nord, et nous y avons pris place. Rien que nous deux. Sans témoins.

Deux Bédouins.

Deux hommes façonnés par des millénaires de tempêtes et d'accalmies. J'avais cinquante ans. Rachid six ans de plus. J'étais fasciné par sa personnalité. Il avait un nez busqué, des yeux noirs qui vous transperçaient. De fines lèvres et une barbe grisonnante. Il me faisait penser à un faucon.

J'ai pris la parole avec tout le respect que je devais à mon aîné, conscient que se jouait là un moment historique. Je lui ai parlé. J'ai déposé mon rêve dans la paume de sa main. Et il l'a accueilli. Sans a-priori.

Les difficultés à venir, nous le savions, étaient colossales. Infinies. Mais Cheikh Rachid ne me parut pas les redouter. Nous avions un litige qui concernait les délimitations de nos frontières – frontières jamais définies auparavant – et des différends liés aux zones pétrolières.

J'ai proposé un compromis et concédé un important gisement pétrolier maritime. J'estimais que c'était pour le bien de tous et que chaque parcelle ferait partie d'un ensemble. J'ai aussi offert de financer un certain nombre d'infrastructures à Dubaï et la première route goudronnée qui séparerait nos deux émirats.

Cheikh Rachid a acquiescé.

Notre discussion s'est prolongée, jusqu'à tard, jusqu'au moment où la question s'est posée : lequel de nous deux serait le président de cette nation à venir ?

— Toi ! ai-je dit aussitôt à Cheikh Rachid. Tu es l'aîné.

Il a fait rouler les perles de son chapelet, a souri et secoué sa tête d'aigle.

— Non. Toi.

J'ai refusé. Insisté.

Il en a fait autant.

Constatant que je n'aurais jamais gain de cause, j'ai fini par accepter.

— Serre-moi la main, m'a demandé alors Cheikh Rachid.

J'ai pris sa main.

Les Émirats arabes unis venaient de naître.

19

> « Votre Excellence, seriez-vous en train de transformer le désert en forêt ? »

Après avoir dessiné un grand cercle, l'avion, un bimoteur de la RAF, se présenta devant la piste du tout nouvel aéroport de Bateen et amorça sa descente dans un ciel magnifiquement bleu. Il roula pendant quelques minutes avant de s'arrêter à une dizaine de mètres de l'endroit où je me tenais.

Nous étions le 17 décembre 1969. Il faisait presque frais.

On a avancé la passerelle. La porte de la carlingue s'est soulevée, et la frêle silhouette de mon frère Chakhbout est apparue. Mon cœur s'est emballé. Je lui ai fait un signe de la main, il a répondu et son visage s'est illuminé lorsqu'il a aperçu l'immense foule venue l'accueillir. Près de 4 000 personnes s'étaient déplacées en camions d'Al-Aïn et de Liwa. Bien que son retour n'eût pas été annoncé, l'information avait dû filtrer.

Il a posé son pied sur le sol qu'il avait quitté trois ans auparavant.

J'ai fait un pas vers lui pour le serrer dans mes bras, mais je n'ai pas eu le temps. Pareille à un torrent, la foule a débordé le cordon de sécurité. Des dizaines de personnes se pressaient autour de Chakhbout. Certains cherchaient à lui baiser la main ; d'autres lui glissaient des guirlandes autour du cou. J'ai vu le moment où il serait renversé à terre et piétiné.

Heureusement, le chef de la sécurité et des policiers sont intervenus et nous ont emmenés jusqu'au petit salon d'honneur. Cela n'a pas calmé l'ardeur des gens. Des vitres ont été brisées. La porte menaçait de lâcher sous les coups.

Je soupçonne les officiels britanniques témoins de la scène d'avoir éprouvé de l'inquiétude, voire de la panique. Sans doute s'imaginaient-ils qu'à travers ces témoignages d'allégresse le peuple souhaitait que Chakhbout reprenne sa place à la tête du pays et que je démissionne. Ils se trompaient lourdement. Comment auraient-ils pu comprendre ? Comment leur expliquer que le sens de la loyauté de nos populations à l'égard de leurs cheikhs est ancré en elles depuis la nuit des temps et constitue un aspect essentiel de la tradition tribale ? Comment leur expliquer que si notre pays s'était glissé dans le XXe siècle, nous restions des Bédouins avant tout, dans le sens le plus noble du terme ? C'est ce que j'avais tenté de transmettre à Thesiger.

Finalement, nous avons réussi à quitter l'aéroport dûment protégé par une escorte et avons pris la route d'Al-Aïn. J'y avais fait spécialement construire une résidence en prévision du retour de mon frère, tout près d'Al-Muwaiji, et l'avais dotée de tout le confort. Je tenais à ce qu'il soit parfaitement autonome et qu'il vive auprès de nous comme il avait vécu. Notre famille et moi-même n'avions pas décidé de son retour au pays pour le cloîtrer ou le priver de la moindre des prérogatives auxquelles il avait droit.

Alors que nous nous installions dans la salle à manger, Chakhbout commenta avec un sourire indicible, presque malicieux :

— Je vois qu'il y a eu du changement depuis mon départ…

J'ai acquiescé.

— Des routes, des immeubles…

— Des hôpitaux, des écoles… et bientôt la télévision. Elle est prévue pour le mois d'août, si Dieu le veut. Je crois me souvenir que lorsque nous étions à Londres tu aimais bien regarder des séries.

— Tu as bonne mémoire, mon frère. Mais rassure-moi.

— Oui ?

— Vous n'avez pas tué tous les faucons ?

J'ai ri de bon cœur

— Aucun ! Rassure-toi.

Il a poussé un soupir.

— Alors, tout va bien.

Je l'ai fixé avec une émotion sincère :

— Tu m'as manqué, mon frère. Tu nous as manqué.

— Vous aussi. Ni Bahreïn ni Beyrouth n'ont le charme de notre terre.

Un serviteur nous a présenté des dattes. Il en a pris une qu'il a portée à sa bouche.

— Et aucune datte au monde ne vaut les nôtres.

On nous versa du café.

Un second serviteur déposa devant Chakhbout un plat garni de *mehalla*, une sorte de crêpes à base de farine de blé entier dont je savais mon frère friand.

Je me suis hâté de faire observer :

— Je sais que tu n'en manges qu'au petit-déjeuner, mais je me suis dit que tu as dû en manquer.

Il inclina la tête avec un sourire.

— Je te remercie.

Il y eut un bref silence, puis Chakhbout commenta avec une gravité soudaine :

— J'ai appris que les Anglais ont l'intention de partir.

— C'est exact. Leurs caisses sont vides. Ils n'ont plus les moyens d'entretenir des bases militaires à l'étranger. Mais figure-toi que j'ai reçu la semaine passée la visite d'un émissaire de M. Edward Heath, le chef du Parti conservateur. Je l'ai accueilli en pleine nuit avec Nashibi...

— Nashibi ?

— Mon interprète. M. Heath pense que les travaillistes vont perdre les élections prévues l'année prochaine et qu'il sera nommé Premier ministre. Il m'a fait savoir que, si c'était le cas, l'Angleterre pourrait revenir sur sa décision et maintenir sa présence dans notre pays.

— Et que lui as-tu répondu ?

— Que j'étais très sensible à ses propos, mais que malheureusement il était trop tard. Nous sommes en route pour constituer une grande fédération.

Chakhbout goba une seconde datte.

— Oui. J'ai été informé de ton projet. C'est un beau projet. Je l'approuve. Mais ce ne sera pas facile. Tu le sais. La création d'un État unique, doté d'une politique et d'une défense communes et, j'imagine, d'une monnaie unique aussi, n'ira pas sans d'immenses difficultés. Sans oublier qu'il va falloir résoudre nos vieux conflits frontaliers, décider du partage des pouvoirs et définir quelle sera la capitale de cette fédération. C'est une entreprise colossale à laquelle tu t'attaques.

J'ai fait observer :

— Je ne suis pas seul. J'ai un soutien de taille en la personne de Cheikh Rachid.

— Un noble personnage. Il m'a été rapporté que tu lui as cédé des parts de notre territoire. Est-ce vrai ?

— Disons que j'ai procédé à un réajustement de nos frontières. Il faut savoir se montrer généreux pour recevoir à son tour, et tout engagement génère des compromis. Que choisir ? D'un côté l'entêtement qui entretient le désert, de l'autre des perspectives de terres fertiles. J'ai choisi. Et cette concession, je ne l'ai pas faite à n'importe qui. Cheikh Rachid est un homme bien. Je le connais comme je me connais. Et je ne désespère pas de rallier les autres. Il y a quelques mois, j'ai même fait le déplacement au Qatar pour tenter de mettre fin à nos différends. Dans la foulée, je suis allé aussi chez nos amis, à Bahreïn, et je me suis longuement entretenu avec le cheikh. Je garde espoir de convaincre ces deux pays de nous suivre.

J'ai bu une gorgée de café et je me suis tu.

Un an s'était écoulé depuis ma rencontre dans le désert avec Cheikh Rachid, et rien ne s'était déroulé comme je l'espérais. La première conférence qui réunissait à Dubaï les neuf émirats laissait croire à tous les espoirs. La seconde me fit l'effet d'une douche glacée. Des doutes avaient commencé à se manifester. Ceux du Qatar, essentiellement, que des problèmes frontaliers opposaient à Bahreïn. Bahreïn, que le Chah menaçait de représailles si le pays adhérait à notre union – l'Iran n'ayant jamais abandonné ses revendications sur cet émirat qu'il considérait comme sa quatorzième province. De surcroît, les Iraniens revendiquaient l'île d'Abou Moussa, qui appartient à Sharjah ; et celles de la Grande et de la Petite Tomb, à Ras Al-Khaïmah.

À cela s'ajoutaient mille et un obstacles qui s'entremêlaient, semblables à une pelote de laine aux fils inextricables. Mon rêve était dans une impasse.

La voix de Chakhbout résonna :

— Je te sens inquiet.

— Je le suis en effet. La tâche est immense.

— Régler les problèmes d'un pays est déjà ardu. Mais régler ceux de neuf l'est encore plus.

Il se pencha vers moi et me fixa.

— Tu as osé, mon frère. Tu ne peux que réussir.

*

Londres, juillet 1969

Une centaine de convives étaient réunis dans l'immense salle à manger de Buckingham Palace. À vue d'œil, j'ai estimé que la table en U devait mesurer dans les 50 mètres de long. Lumières tamisées et superbes compositions florales. En l'honneur de ma première visite d'État, nous avions le privilège d'être servis dans de précieuses assiettes de porcelaine créées spécialement pour la reine Victoria.

Le long des murs on avait dressé des buffets offrant à l'admiration des hôtes les joyaux d'orfèvrerie d'un grand service de vermeil, un trésor de 4 000 pièces aux dimensions spectaculaires, plats, soupières, candélabres et autres centres de table qui, selon ma voisine, la reine Élisabeth II, avaient été réalisés au début du XIXe siècle pour le souverain George IV. Je me suis fait cette réflexion : à nous, les Arabes, on reproche souvent de faire preuve lors de nos réceptions d'un luxe ostentatoire. Or les Anglais et les Français n'ont vraiment rien à nous envier. Personnellement, je n'apprécie pas le faste. Si j'avais à choisir entre nos repas dans le désert autour d'un feu de camp et les ors des dîners officiels, je n'hésiterais pas.

Assis entre la reine et moi, un peu en retrait, mon fidèle interprète Nashibi s'efforçait de ne manquer aucune syllabe de la conversation que j'entretenais avec la souveraine depuis le début du repas. J'avais pris l'habitude de l'avoir toujours à mes côtés chaque fois que j'étais en présence d'interlocuteurs étrangers, et même lorsque – comme ce soir – le pays qui m'accueillait disposait d'un interprète. Nashibi était arabe, il connaissait les nuances de notre langue. Et j'étais rassuré.

Au menu : pavé de saumon, noisette d'agneau, courgettes jaunes et vertes sautées, pommes forestières et salade. Par courtoisie, la viande était halal. Geste que j'ai apprécié.

Le chef du protocole m'avait confié, comme étant un secret d'État, quelques-unes des habitudes de la reine : tous les jours à 7 h 30, elle était réveillée par sa femme de chambre. Elle s'acquittait de cette tâche en ouvrant simplement les rideaux de la chambre royale et se retirait en silence. Elle lui servait ensuite sur un plateau d'argent une collation matinale : théière d'Earl Grey fumant et verre de jus d'orange. Et toujours sans un mot. La reine détestait l'ail, elle buvait volontiers du vin ou du gin, ou encore du martini, et raffolait du cake au chocolat. Et lors d'un dîner officiel, lorsqu'elle avait fini d'avaler sa dernière bouchée, aucun invité, même s'il n'avait pas terminé, n'était autorisé à poursuivre. Le dîner s'arrêtait là.

Tandis que Sa Majesté continuait de m'expliquer aimablement et avec force détails l'histoire du service en porcelaine et des couverts, j'étais comme hypnotisé par le monogramme gravé sur les verres : E II R. J'ai fini par poser la question à mon autre voisin de table, dont je ne me souviens plus du nom. Il m'a chuchoté : « Élisabeth II Regina. »

Le dîner s'éternisait. J'étais épuisé.

Dans la matinée, respectueux de la tradition, je m'étais rendu à l'abbaye de Westminster pour déposer une gerbe sur la tombe du Soldat inconnu. À midi, le Premier ministre Harold Wilson m'attendait à déjeuner au 10, Downing Street. À 5 heures précises, j'étais convié à Clarence House pour y prendre le thé avec le prince de Galles et la duchesse de Cornouailles. Et le lendemain, à 9 heures, une réunion de travail était prévue avec le secrétaire d'État aux Affaires étrangères Michael Stewart et Denis Healey, le secrétaire à la Défense.

— Votre Excellence, seriez-vous en train de transformer le désert en forêt ?

J'ai souri à la remarque de la reine. Sur le moment, j'ai cru que sa question n'avait été prononcée que pour le seul plaisir d'alimenter la conversation. Je me trompais. Un réel intérêt transparaissait dans le ton de sa voix.

— Peut-être pas *tout* le désert, Majesté. Cependant, si je réussissais à boiser quelques arpents, je serais un homme heureux.

— Combien d'arbres avez-vous déjà fait planter jusque-là ?

— Quelques milliers.

— Quelles sortes ?

— Essentiellement des palmiers, des ghaf[1], des mangroves.

— Splendide. Et vous allez poursuivre, j'imagine ?

1. Espèce d'arbre qui joue un rôle-clef dans la préservation des écosystèmes des déserts.

— Bien sûr, Majesté.

— Quelques milliers de plus ?

— Quelques millions.

Elle répéta, incrédule :

— Quelques millions ?

J'ai confirmé.

Elle se racla la gorge.

— Les arbres ont besoin d'eau, vous le savez bien sûr. Or il me semble que vous en manquez cruellement. Comment allez-vous faire ?

— Tout simplement grâce à des eaux recyclées. Nous y travaillons. Me ferez-vous l'honneur de nous rendre visite un jour ? Ainsi vous pourrez constater le résultat par vous-même.

— *I'll be delighted.*

À 22 h 30, l'entrée des cornemuseurs a donné le signal de la fin du banquet. Mais je savais que nous attendaient café et petits fours dans le salon de musique. La soirée n'était pas près de se terminer.

C'est alors que je fus abordé par un couple. Lui devait avoir la soixantaine ; elle, quelques années de moins. Elle était vêtue comme seules certaines Anglaises peuvent se le permettre : une robe jaune poussin, les cheveux sous un chapeau à calotte haute et large bord, décoré d'une fleur en tissu vert sur le côté. Il se nommait lord Bailey et il me présenta son épouse, lady Henriette. Sa première question fut :

— Je suis au courant de votre projet de fédération. C'est ambitieux. Mais comment espérez-vous convaincre toutes ces tribus qui ont chacune leurs propres mœurs et leurs propres dieux ?

Nashibi, qui me suivait comme une ombre, faillit s'étrangler et mit quelques secondes avant de traduire en essayant de masquer sa gêne.

— *Leurs propres dieux*, lord Bailey ? Je ne comprends pas le sens de votre question. Y aurait-il donc plusieurs dieux ?

— Non. Enfin. Pas chez nous, pas en Occident. Mais dans votre région il me semble bien que…

— Mais, cher monsieur, voilà des siècles que les Arabes ne sont plus des idolâtres. À ce propos, je vous annonce une bonne nouvelle : notre Dieu est le même que le vôtre.

— Le même ? s'étonna la femme en écarquillant les yeux.

J'ai échangé un regard en coin avec Nashibi qui, cette fois, se pinçait les lèvres pour ne pas pouffer de rire.

— Oui, madame. Dieu est Un. Et nous sommes tous Ses enfants. Que l'on soit né à Al-Aïn, ou dans le Lancashire. Nous sommes les membres d'une même famille. Tous.

— Al… Ené ? articula le lord. Où est-ce donc ?

— Un endroit magnifique dans mon pays. Le pays du père de la Gazelle. Je vous engage vivement à venir le visiter.

M'adressant à la femme, j'ai ajouté avec un petit sourire :

— Je vous conseille cependant d'adopter une autre tenue. Nous avons des crocodiles qui sont terriblement attirés par le jaune.

Sur ces mots, j'ai fait signe à Nashibi et nous avons pris congé.

Tandis que nous montions dans la Rolls-Royce mise à notre disposition, j'ai fait remarquer à Nashibi :

— Comme les gens sont curieux. Je me demande s'il n'est pas plus compliqué d'instruire l'Occident sur ce que sont vraiment les Arabes que de transformer le désert en forêt.

Dans le hall de l'hôtel, une surprise nous attendait. Un groupe de gens, ainsi que des membres de ma délégation, étaient comme statufiés devant un poste de télévision.

Nashibi et moi, nous nous sommes approchés.

Sur l'écran on devinait l'image en noir et blanc, quelque peu floue, d'un homme portant un scaphandre qui évoluait comme dans un film au ralenti dans un décor aride et désertique. Sur un fond sonore grésillant, sa voix s'est élevée. Il a dit : « Un petit pas pour l'homme, un grand pas pour l'humanité. »

L'un de mes gardes du corps s'est tourné vers moi, affolé :

— Excellence, ce n'est pas possible ! C'est un mensonge. Personne ne peut aller sur la Lune. Allah ne permet pas de monter au ciel.

J'ai aussitôt pensé : finalement chaque être, quel qu'il soit, a ses a-priori, ses certitudes. Entre ce couple anglais et mon garde du corps existait un point commun : la méconnaissance. Si j'avais encore le moindre doute sur l'utilité de l'éducation, ce genre de remarques m'en guérissait.

J'ai répondu :

— N'est-ce pas Dieu qui a créé l'homme ? Il l'a créé doué d'intelligence et de science et donc avec la capacité d'accomplir tous les exploits.

Nous étions le 29 juillet 1969.

20

> L'histoire n'aime pas l'immobilisme.

Octobre 1970

J'ai retenu mes pleurs tout le temps de la cérémonie funèbre.

J'ai retenu mes pleurs, jusqu'à m'étouffer.

La famille entière était là, qui formait un mur de chair autour de la fosse. Des cousins, des amis aussi, parmi lesquels Farès.

La mort est venue de nuit et nous avons perdu notre mère, Salama.

Elle ne faisait pas partie de ces femmes intellectuelles, bardées de diplômes, mais elle possédait cette qualité exceptionnelle que Dieu accorde à quelques êtres : elle savait sans avoir appris et connaissait la vraie valeur du mot « famille ». Le serment qu'elle nous avait demandé de prêter des années auparavant en témoignait.

« Jurez, mes enfants, jurez de ne jamais vous entre-tuer, jurez-moi qu'aucun de vous ne versera le sang de l'autre. Jurez ! »

Aucun de nous n'a oublié.

Au moment de quitter le cimetière, dans une inexplicable association de pensées, je me suis souvenu que ma mère raffolait d'amandes, de noix et de pistaches, et j'ai prié pour que Dieu l'accueille parmi les élues dans le plus haut des paradis. Et à cet instant j'ai pensé à mon père et j'ai récité le verset 24 de la sourate du « Voyage nocturne » : « Et par miséricorde, abaisse pour eux l'aile de l'humilité, et dis : "Ô mon Seigneur, fais-leur, à tous deux, miséricorde comme ils m'ont élevé tout petit." »

Une année de plus a coulé dans le sablier.

Je continuais à livrer mon combat.

Combat obstiné, sans armes, mais ô combien difficile.

Existe-t-il tâche plus complexe que celle de convaincre les esprits ? Tout changement suscite immanquablement la colère des habitudes, alors que l'histoire nous prouve tous les jours que si les structures et les êtres n'évoluent pas, ils sont voués, à plus ou moins brève échéance, à disparaître.

L'histoire n'aime pas l'immobilisme.

Dieu m'est témoin que j'avançais prudemment, ménageant les susceptibilités, respectueux des volontés de chacun. J'estimais indispensable de laisser à chaque dirigeant la possibilité de prendre la décision qui lui convenait, évitant du mieux que je pouvais d'imposer mes vues. Je voulais de tout mon être une union large qui inclurait le Qatar et Bahreïn. Malheureusement, plus le temps passait, plus je devais me rendre à l'évidence : c'était irréalisable. Ce que je visais, c'était une inaccessible étoile. On discutait du pays qui hébergerait la future capitale, des avantages, des prérogatives des uns ou des autres. On me reprochait aussi sans doute de faire montre de trop d'empressement, de vouloir courir plus vite que le temps et de défendre l'idée d'une force militaire commune qui serait réunie sous un même pavillon avec un commandement unifié.

J'ai connu des moments de découragement, des heures d'incertitude.

— Courage, Zayed. N'abandonne pas. N'abandonne pas. Essaye plutôt de comprendre leurs peurs.

J'entends encore la voix de Fatima. Je l'entendrais tant que je vivrais.

— Leurs peurs ? De quoi ont-ils peur ?

— Ce sont des chefs. De fiers Bédouins habitués à commander, à maîtriser leur destin. Et toi tu leur demandes d'abandonner du jour au lendemain ce à quoi ils sont attachés depuis leur naissance. Tu t'accroches à ce qui les unit, tu oublies ce qui les divise. On ne peut effacer d'un coup de baguette magique des siècles de rivalités et de jalousies.

— Alors que dois-je faire ?

— Poursuis, rassure et partage.

— Imagine un être humain dont chaque membre, les bras, les mains, les yeux, les jambes, s'activerait à sa guise.

Ce serait un corps désarticulé, incapable de se défendre. Se débarrasser des égoïsmes individuels est la seule solution viable.

Fatima m'écoutait patiemment monologuer et de la savoir à mon écoute me faisait du bien.

Elle venait d'avoir vingt-huit ans, et, de son côté, elle aussi livrait bataille, mais dans un autre domaine. Elle aussi était confrontée aux vieilles coutumes ancestrales. Elle menait une campagne acharnée en faveur de l'éducation des filles, visitant les écoles, les familles, créant un prix d'excellence et offrant des bourses aux élèves qui obtiendraient des résultats scolaires exceptionnels. Plus de 250 avaient déjà été attribuées.

Finalement, ce que je craignais arriva : à mon très grand regret, Bahreïn se retira et réclama son indépendance. Le Qatar lui emboîta le pas. Le projet d'une union à neuf avait vécu et nous n'étions plus qu'à quelques mois du retrait britannique.

« Poursuis, rassure et partage », m'avait conseillé Fatima.

Le 8 juillet 1971, je décidais de la création d'un fonds de développement doté d'un capital initial de plusieurs millions. J'espérais démontrer ainsi que mon pays était disposé à contribuer au bien-être de tous les membres de la future fédération. Tous sans exception.

Le 13, j'ai estimé qu'il était temps de passer au vote : soit l'union se faisait avec le soutien économique et sécuritaire de mon pays, soit mon peuple et moi-même suivrions notre propre voie. Pour des raisons que j'ai pu comprendre, Cheikh Saqr, le gouverneur de Ras Al-Khaïmah, fut le seul à voter non.

Nous étions réduits à six. Une Constitution provisoire fut tout de même rédigée, qui stipulait, entre autres, que le président serait élu à l'unanimité pour cinq années renouvelables.

Six mois plus tard, le 2 décembre 1971, le drapeau du nouvel État fut hissé pour la première fois à Jumeirah, dans la résidence de Cheikh Rachid, à Dubaï : trois bandes horizontales, noire, blanche et verte, et une bande verticale, de couleur rouge, qui figuraient l'unité arabe.

Vingt et un coups de canon saluèrent mon élection en tant que président et celle de Cheikh Rachid comme vice-président. Et pour la première fois aussi a retenti notre hymne national. Il n'était alors qu'instrumental. Les paroles s'y grefferaient plus tard.

Mais, dès le lendemain, nous devions faire face à un premier problème de taille : nous avions fondé un État, mais sans personnel capable de l'administrer et encore moins de diplomates pour le représenter à l'étranger ! Nous avions construit des écoles qui hébergeaient des milliers d'étudiants, mais aucun d'entre eux ne serait apte à occuper des fonctions administratives avant plusieurs années. Cheikh Rachid et moi avons lancé un appel à tous ceux qui disposaient des qualifications nécessaires. La plupart vivaient à l'étranger. Certains en Égypte, d'autres au Liban, en Jordanie ou à Londres ou encore au Koweït. Ils ont répondu présent, sans vraiment savoir ce que nous attendions d'eux. Je reconnais que c'était un peu le chaos.

Il restait une ultime démarche à accomplir : notre admission au sein des Nations unies. Le 9 décembre 1971 notre candidature fut acceptée.

Bien des mois plus tard, je me trouvais à New York en visite officielle et je l'ai vu. J'ai vu notre drapeau qui flottait sur sa hampe, au bord de l'East River, parmi les 193 États membres. Des images lumineuses ont jailli dans mon esprit. Des souvenirs aussi. Celui de mon grand-père, Zayed le Grand, qui un siècle et demi auparavant s'était battu pour réunir les tribus et faire de chaque différence une famille. J'ai pensé à ma terre natale d'Al-Aïn, à mon père, Sultan, à ma mère, Salama, à mon frère Chakhbout, à mes enfants, à leurs enfants, et aux enfants de leurs enfants. À tous les enfants des Émirats.

*

Al-Aïn, première semaine de janvier 1972

Fasciné, j'observais le groupe de filles qui, tout en chantonnant, filaient la laine. Une laine préalablement teintée en beige, blanc ou rouge, que des hommes avaient tondue pour elles. Au gré de leurs envies, elles en tireraient des vêtements, des coussins de sol, des tapis ou des sangles destinées aux chameaux. Certains motifs évoquaient l'ondulation des dunes, des palmiers ou des fleurs, des dromadaires, ou des versets du Coran. On appelait cet art *Al-Sadu*. Il remontait à la nuit des temps.

Je me suis approché du groupe, et je me suis assis.

Derrière leur masque de tissu, j'ai deviné que leurs lèvres dessinaient un sourire, tandis que dans leurs yeux dévoilés j'ai vu passer une lueur empreinte de respect et d'affection.

Certaines de ces femmes, les plus âgées, m'avaient connu enfant. Elles faisaient partie de ma vie et leurs gestes m'avaient bercé. Leurs doigts colorés au henné étaient pour moi l'un des symboles de notre existence bédouine.

— Tu vas bien, Cheikh Zayed ? s'est enquise l'une des femmes.

— Un peu de respect, Aïcha ! s'offusqua sa voisine. Tu ne dois pas l'appeler si familièrement ! Il est notre président.

J'ai protesté.

— Je suis avant tout votre père. Même si parmi vous il y en a qui sont plus vieilles que moi !

— La bénédiction d'Allah sur toi, dit une troisième. C'est vrai. Nous sommes tous les enfants de Zayed, car seul un père peut autant combler ses enfants. Quand nous rcgardons autour dc nous, nous nc rcconnaissons plus Al Aïn. Tu as fait des miracles. Toutes ces fermes, les maisons, la lumière…

— Et le souk, surenchérit une quatrième.

— Et les écoles !

J'ai fait observer :

— J'espère que vos enfants les fréquentent et qu'ils travaillent bien.

Elles ont confirmé en chœur puis, comme si je n'étais pas là, elles ont repris leur tissage.

J'ai continué pendant un long moment à les observer. Je me sentais bien. Serein. Ces séjours à Al-Aïn me permettaient de retrouver la sérénité et ils me rappelaient, si par malheur il pouvait m'arriver de l'oublier, qui j'étais vraiment et d'où j'étais issu.

Je voyais mille choses dans les doigts de ces femmes qui tissaient. J'y voyais la couleur du temps qui file et celle de mon enfance. Je voyais mon pays et mes pays frères : les Émirats. N'étaient-ils pas semblables aux fils de laine. Chaque fil possédait sa propre couleur mais, une fois le tissage achevé, l'œuvre formait une unité. Polychrome et une.

Cette nuit-là, j'ai préféré la passer dans la résidence de mon frère. Je ne l'avais pas vu depuis quelques semaines, et il me manquait.

Nous avons dîné et longuement parlé. De nous. De nos enfants. De l'avenir. Du monde qui ne cessait de s'agiter. Chakhbout était au courant de tout. De la guerre du Vietnam qui n'en finissait pas. De la tentative de coup d'État militaire conduit par les cadets de l'armée marocaine contre le roi Hassan II. Des horribles massacres auxquels s'était livré en Ouganda le général Amin Dada. En évoquant les cérémonies fastueuses organisées par le Chah à l'occasion des deux mille cinq cents ans de l'Empire perse, Chakhbout a eu ce commentaire qui s'est révélé prémonitoire. Il m'a dit : « Le Chah a signé sa fin.

D'ici cinq ou six ans il ne sera plus là. » Et il a poursuivi : « Je sais que l'on m'a souvent accusé d'être exagérément économe ; toutefois, un chef d'État qui dépense 300 millions de dollars en nourriture et en festivités, alors que son peuple ne mange pas à sa faim, est voué à disparaître. »

Il avait vu juste. Le 18 janvier 1979, le Chah serait réduit à l'exil. Mais avant, profitant du vide laissé à la suite du départ des Britanniques, il avait envoyé un bataillon prendre possession des trois îlots qu'il convoitait. Le dossier est loin d'être clos. Il est entre les mains de la Cour internationale de justice.

— Puis-je te poser une question ? a déclaré soudain mon frère. Crois-tu que j'ai eu tort de freiner le progrès ?

— Tu as fait ce que tu jugeais être le mieux pour notre pays et en harmonie avec tes convictions.

Il poussa un soupir.

— Finalement, Zayed, qu'est-ce qu'un bon dirigeant ? À quoi reconnaît-on qu'il a réussi ?

— Question difficile. Sommes-nous parfaits ? Seul Dieu l'est.

— Oui, mais encore.

J'ai médité quelques instants avant de répondre :

— Je pense que la réussite d'un dirigeant se reconnaît dans le fait qu'il laisse derrière lui, dans le cœur d'autres hommes, la conviction et la volonté de poursuivre ce qu'il a commencé.

Il est parti d'un rire franc.

— Alors j'ai tout raté ! Tu as fait exactement le contraire de ce que moi je préconisais.

— Non, mon frère. Tu te trompes. Tu avais tout amorcé, ouvert la voie. À la différence que tel le cheval, tu as préféré avancer au pas, alors que moi j'ai opté pour le galop. Je ne suis rien d'autre que ton complément. Rien de plus.

Il m'a tendu un *bethith*[1].

— Tu es bon, Zayed. Je te souhaite sincèrement de trouver la force d'aller au bout de ton rêve.

— *Inch' Allah*, mais ce n'est pas facile. Il ne se passe pas un jour sans qu'un nouvel obstacle se dresse sur la route.

— Je sais. C'était prévisible. Et…

L'appel à la prière l'a interrompu.

Alors il s'est levé et m'a tendu la main.

— Viens, prions ensemble. La force est en Dieu.

1. Pâtisserie à base de dattes et de noix.

21

Sept comme les Sept Merveilles,
les sept continents, les sept cieux.

Pakistan, janvier 1972

Quand j'ai posé le pied sur le tarmac de l'aéroport d'Islamabad, ma pensée est allée vers Hazza. Vingt-six ans plus tôt, c'est à bord d'un bateau que nous avions débarqué ensemble dans ce pays avant dc nous envoler pour New Delhi. Cette fois, c'est en avion que j'avais fait le voyage et en tant que président des Émirats arabes unis.

C'est curieux comme certains lieux vous parlent et vous semblent familiers, alors que la veille encore ils vous étaient inconnus. C'est en tout cas le sentiment que j'ai éprouvé en découvrant le Pakistan. Depuis, ce pays est resté très cher à mon cœur.

Islamabad est une ville assez déconcertante, une cité dont les rues et les avenues écrasées par la chaleur égrènent les lettres de l'alphabet dans un sens qu'elle seule connaît !

Le soir même de mon arrivée, un dîner officiel avait été organisé en mon honneur. Bien qu'empreint d'une certaine solennité très british, il offrait un contraste certain avec l'atmosphère quelque peu affétée de Buckingham Palace. Le mouton avait remplacé le pavé de saumon, et le biryani, les pommes forestières. Plus de smoking, mais d'élégants *churidar*[1] aux couleurs chatoyantes.

Accompagné par mon inséparable Nashibi, j'étais assis à la droite du président Zulfikar Ali Bhutto. Assez rapidement et avec passion, il me fit part des vœux qu'il formulait pour son pays. Il était en voie d'appliquer ce qu'il appelait le « socialisme islamique », jugeant que les enseignements du Coran étaient compatibles avec les principes d'égalité et de redistribution des richesses. Pour atteindre ce but, il envisageait une longue série de nationalisations, à commencer par celles des banques et du secteur industriel. Personnellement, je ne partageais pas ce point de vue. Autant je juge indispensable, voire vitale, la redistribution des richesses et l'application de la *Zakat*[2], autant la confiscation de biens privés heurte mes convictions. Mais je respectais cela. Il m'a rappelé que nous partagions non seulement la même religion, mais la jeunesse de nos États. Il y a encore vingt-cinq ans, la capitale, Islamabad,

1. Pantalon porté sous une longue chemise.

2. Terme arabe que l'on peut traduire par « aumône légale ». C'est le troisième des piliers de l'islam. Il consiste à purifier le croyant de son éventuelle attirance pour les biens, à limiter l'avarice et la convoitise et à favoriser l'investissement des biens.

n'existait pas. Il n'y avait là que de mauvaises herbes broutées par des chameaux faméliques. Il avait raison, mais comment oublier que nous étions dans la vallée de l'Indus, à un carrefour de l'histoire et des cultures ? Dans ces provinces réunies où se sont épanouies quelques-unes des plus anciennes civilisations du monde.

À un moment donné, un personnage assis en face de moi m'a interrogé. Il avait un visage juvénile, très lisse, qui ne reflétait pas son âge que j'évaluais à une quarantaine d'années.

— Excellence, permettez-moi de me présenter. Je m'appelle Mohsen Shabbir. J'enseigne les sciences naturelles à l'université de Quaid-i-Azam.

Je l'ai salué en posant ma main sur le cœur et j'ai attendu la suite.

— Je me suis laissé dire que vous aviez une passion pour la chasse au faucon. Passion que je partage pleinement. Savez-vous qu'il existe dans le Pendjab, dans le désert du Cholistan, un lieu réputé pour ses outardes houbara ? C'est l'une des étapes obligées de leur migration. On y trouve aussi les plus beaux faucons shahin.

Mes yeux se sont illuminés. Sitôt que l'on mentionnait ce mot magique, « faucon », j'avais tous les sens en éveil.

— Comment appelle-t-on cet endroit ?

— Rahim Yar Khan.

Sans hésiter, je me suis penché vers mon hôte.

— Monsieur le président, avec votre permission, pourrais-je m'y rendre ?

Ali Bhutto a réprimé un petit sursaut.

— Mais, Excellence, ce n'est pas la saison de la chasse. Elle commence en octobre et se termine en mars et nous sommes en janvier.

— Peu importe. Si j'ai bien compris, on y trouve les plus beaux faucons.

— C'est qu'il y a près de 900 kilomètres entre Islamabad et Rahim Yar Khan !

— Une heure d'avion. Ce n'est rien.

Une expression gênée s'afficha sur les traits du président.

— Je suis vraiment confus. Il n'y a pas d'aéroport à Rahim Yar Khan. On ne peut y accéder que par la route. Une mauvaise route.

— Vous me prêteriez bien une Land Rover et des tentes ?

— Heu… oui. Mais, Excellence, 900 kilomètres !

— Vous parlez à un Bédouin, monsieur le président. Quand on a trotté pendant des journées sur un chameau et sous un soleil incandescent, que représentent quelques heures en voiture ? Si vous n'y voyez pas d'inconvénient, bien entendu.

Ali Bhutto mit quelques secondes avant de répondre :

— D'accord. Nous vous fournirons des vivres, de l'eau et tous les équipements nécessaires. Mais je tiens à ce qu'une escorte vous accompagne.

Je n'ai jamais apprécié avoir des gardes du corps. La vie et la mort appartiennent au Très-Haut, qui les distribue selon Sa volonté. Mais là, je n'avais pas le choix. J'ai donné mon accord et j'ai pointé mon doigt vers le professeur.

— Vous connaissez bien la région, docteur Shabbir ?

— J'y suis né !

— Alors, vous voudrez bien nous servir de guide ?

— Ce serait un honneur, Excellence.

J'ai jeté un coup d'œil vers Nashibi. Le pauvre semblait affolé.

Quarante-huit heures plus tard, dès les premières lueurs de l'aube, nous avons pris la route, accompagnés par un convoi de militaires triés sur le volet, dont certains appartenaient sans doute à la garde personnelle du président Bhutto.

Ce fut un voyage fascinant.

D'heure en heure, le paysage se transformait. La steppe, des bosquets résineux, une végétation luxuriante, puis des montagnes arides, escarpées, aux couleurs ocre. De temps à autre, des maisonnettes de terre cuite surgissaient au détour d'un virage. Des hameaux. Sous de grandes volutes tourbillonnantes, une caravane de chameaux. À mesure que nous nous approchions du Cholistan, la terre se faisait plus âpre. Je ne sais plus à quel moment nous avons aperçu une construction massive, formée d'une quarantaine de bastions hauts d'une trentaine de mètres.

— Le fort de Derawar, m'expliqua le Dr Shabbir. Il contient les tombes des émirs de Bahawalpur. Il n'a pas d'âge. Certains affirment qu'il a été bâti il y a plus de deux siècles. Ce qui fait l'originalité de ce fort, c'est qu'il fut entièrement construit avec des milliers et des milliers de petites briques acheminées grâce à une chaîne humaine depuis la ville d'Uch Charif à des dizaines de kilomètres. Les hommes se sont passé les briques une à une pendant des jours et des jours.

Aussitôt j'ai pensé : « Dieu a accordé à l'homme des pouvoirs infinis. Il peut à la fois marcher sur la Lune grâce à la plus haute technologie, et bâtir des merveilles les mains nues. »

Lorsque nous sommes arrivés à Rahim Yar Khan, le soleil commençait à glisser derrière les dunes. Je fus tout de suite frappé par le brouhaha des rickshaws et des scooters qui zigzaguaient le long des rues et des camions entièrement décorés qui n'étaient pas loin de ressembler à des œuvres d'art sur quatre roues. La ville m'a semblé assez pauvre tout de même et sans grandes infrastructures. Dans des maisons en briques recouvertes de chaux, assises dans les cours, des femmes cuisinaient au feu de bois ou brodaient du linge de maison. Des vieux étaient allongés sur des *charpoys* – des lits composés d'un cadre de bois sur lequel étaient tendues des sangles tressées, et rafraîchis par des ventilateurs. Ici et là des enfants s'amusaient sur le pas des maisons avec de petits jouets en bois. Ce qui a le plus attiré mon attention, ce fut le nombre de bâtiments quasiment en ruine, comme dévastés par un souffle géant. J'étais plus proche de la vérité que je ne l'avais cru.

Comme je le faisais remarquer au Dr Shabbir, il m'a expliqué :

— Il y a deux ans, un cyclone tropical a balayé la région et causé des dégâts incalculables. Après son passage, on a dénombré un demi-million de victimes. Notre région s'est retrouvée encore plus démunie qu'elle ne l'était à l'origine. Et quand ce ne sont pas les cyclones, ce sont les pluies diluviennes et les crues que nous subissons. L'Indus est un fleuve capricieux.

— Ce dont vous auriez besoin avant tout, c'est d'un aéroport.

— Bien sûr.

— Avez-vous des hôpitaux ?

— Un seul, mais il est vétuste et mal équipé. Et de nombreuses maisons n'ont pas accès à l'eau potable.

Nous avons dressé les tentes en bordure de la ville et allumé un feu de camp. On apercevait les dunes du Cholistan, toutes proches. Je crois n'avoir jamais aussi bien dormi. Ce qui ne fut pas le cas de Nashibi, peu habitué à coucher dans un lit de camp, à même le sol. Mais il fit contre mauvaise fortune bon cœur.

Dès le lendemain, le Dr Shabbir m'a emmené visiter les fauconniers. Alors que nous étions encore à une centaine de mètres, j'ai immédiatement reconnu le cri poussif et aigu des mâles et celui grinçant et rauque des femelles. Nous nous sommes approchés : j'avais rarement vu d'aussi beaux faucons pèlerins. Ma première idée fut d'en acquérir pour les ramener chez nous, mais c'était impossible. Ils n'auraient pas supporté le voyage, sans compter que les séparer de leurs dresseurs n'avait pas de sens.

— Comme je vous le disais, déclara le Dr Shabbir, vous aurez du mal à chasser en cette saison.

— Qu'à cela ne tienne. Je reviendrai. Mais entretemps rien ne nous empêche d'essayer puisque nous avons parcouru tous ces kilomètres.

Une heure plus tard, accompagnés par deux fauconniers, nous franchissions la frontière du Cholistan.

Hélas, après avoir passé plus de quatre heures à guetter les outardes, nous sommes rentrés bredouilles. C'était évident : je reviendrais.

Sur le chemin du retour, une question me brûlait les lèvres.

— Prenez-vous soin de préserver vos houbara ? La nature est fragile. À force de les tuer, elles pourraient être menacées d'extinction. Il faudrait songer à créer des élevages. Comme pour les gazelles et les oryx. J'en ai fait interdire la chasse. Savez-vous ce qui a motivé ma décision ? Un jour, j'étais sur la piste d'un groupe de gazelles. J'ai suivi leurs traces. J'ai fini par les repérer et j'ai commencé à tirer. Trois heures plus tard, je me suis arrêté pour inspecter mon tableau de chasse et je me suis rendu compte que j'avais abattu quatorze gazelles. J'ai longuement médité là-dessus, et pris conscience que chasser au fusil était le moyen le plus radical de provoquer leur extinction.

Le Dr Shabbir poussa un soupir.

— Comme je vous comprends, Excellence. Cette menace que vous évoquez frappe déjà nos gazelles chinkara[1]. Si rien n'est fait, elles disparaîtront.

1. Surnom de la gazelle indienne.

Lorsque nous avons regagné Islamabad, ma décision était prise. Je me devais de venir en aide à ce pays. Dans un premier temps, j'ai offert au président Bhutto de faire construire un aéroport à Rahim Yar Khan, un hôpital moderne, une école et un réseau d'eau potable. Je me suis engagé à repeupler le Cholistan de gazelles chinkara et j'ai proposé un don de plusieurs millions de dollars. Je considérais désormais le Pakistan comme mon second pays, et j'avais le devoir de le soutenir du mieux que je pouvais. N'avais-je pas déclaré à Thesiger : « Si un jour je dois régner, je consacrerai tous mes efforts, et toutes les capacités dont Dieu m'a doté, pour faire entendre au monde entier la voix des peuples qui aspirent à la liberté et pour les aider à vivre dans la sécurité et la sérénité. J'apporterai mon soutien aux pays en voie de développement qui s'efforcent de conjurer le spectre de la guerre » ?

L'heure était venue de mettre en pratique mes propos[1].

Je n'étais pas rentré depuis trois jours lorsque, le 24 janvier 1972, la nouvelle nous parvint que le gouverneur de Sharjah, Cheikh Khalid, venait d'être renversé par un coup d'État.

1. Dans les années qui ont suivi, 300 gazelles chinkara et 2 000 outardes houbara furent amenées vers le Cholistan. Trois centres d'études islamiques furent installés à Karachi, Lahore et dans le Pendjab. Une route goudronnée dans la région montagneuse du Kharan, des mosquées, des écoles, une faculté de médecine et un hôpital à Rahim Yar Khan ainsi qu'un complexe hospitalier font partie des innombrables réalisations dont a bénéficié le Pakistan.

Il fallait réagir et vite. Sitôt informés, nous avons décidé d'intervenir militairement. L'ordre fut rétabli en quelques heures et le responsable de l'insurrection arrêté. Malheureusement, lors des affrontements, sans que l'on sache comment, Cheikh Khalid trouva la mort. Dieu merci, son frère, Cheikh Sultan, était sain et sauf. La succession lui revenait. Je connaissais l'homme. C'était un esprit des plus brillants qui venait tout juste d'obtenir un diplôme d'ingénieur agronome à l'université du Caire. Avec lui à la tête de Sharjah nous aurions une personnalité sûre, un intellectuel de haut niveau. Fin diplomate, grand connaisseur de l'histoire des civilisations. Je retrouvais mon souffle.

Dans cet horizon si changeant, il y eut une éclaircie : le 10 février 1972, le gouverneur de Ras Al-Khaïmah, réticent au début, décida de rejoindre notre union.

Nous étions redevenus sept.

Sept, un nombre que l'on dit magique.

Sept comme les Sept Merveilles, les sept continents, les sept cieux.

Sept vallées, comme dans *La conférence des oiseaux* du grand poète Farid Al-Din Attar :

La première est celle de la recherche.

La deuxième est celle de l'amour.

La troisième est celle de la connaissance.

La quatrième est celle de l'indépendance.

La cinquième, celle de l'unité.

La sixième, celle de l'émerveillement.

Et la septième, celle de la mort mystique.

Mais le hasard existe-t-il ? En tout cas, je voyais dans ce nombre un porteur d'espérances.

*

Octobre 1973

Depuis une semaine, j'avais les yeux rivés sur mon poste de télévision.

Le 6 octobre à 14 heures, les armées égyptienne et syrienne s'étaient élancées. La date n'avait pas été déterminée au hasard. C'était le dixième jour du mois de Tishri dans le calendrier hébraïque, jour de Yom Kippour. Un moment si hautement solennel qu'il est même respecté par une majorité de juifs laïcs. Pendant près de vingt-quatre heures, tout Israël vit au ralenti. Les programmes télévisés sont suspendus, il n'y a ni transport public ni commerce ouvert. C'était la raison pour laquelle Anouar Al-Sadate avait choisi cette date pour déclencher l'opération Badr.

Tout au long de la semaine précédente, les exercices égyptiens s'étaient multipliés sur la rive occidentale du canal et des mouvements de troupes avaient été observés à la frontière syrienne. En dépit de ces signes précurseurs, le gouvernement de Golda Meir avait jugé une attaque improbable. Il se trompait.

En moins d'une demi-heure, une pluie d'obus fut déversée sur la ligne de défense israélienne dite ligne « Bar-Lev ». Simultanément, les premières équipes antichars égyptiennes entreprenaient la traversée du canal. Une heure et quart après le début de l'offensive, la ligne Bar-Lev était pulvérisée. C'était la première fois dans l'histoire des conflits arabo-israéliens que Tsahal connaissait la défaite.

L'armée israélienne a mis trois jours avant de riposter, secondée par un pont aérien établi en toute hâte entre l'État hébreu et les États-Unis. Ce soutien américain se révéla décisif. Dès le 11 octobre, la bataille tourna à l'avantage de l'État hébreu. Emmené par Ariel Sharon – qui avait décidé d'agir de son propre chef –, un bataillon réussit à s'infiltrer à l'ouest du canal, dans la zone du Déversoir, et à prendre en tenailles la IIIe Armée égyptienne.

Quarante-huit heures plus tard, les troupes de Tsahal reprenaient le Golan.

Une fois encore, le vent de la guerre avait tourné en faveur d'Israël.

Dès le lendemain des hostilités, j'ai envoyé un message de soutien aux deux présidents arabes, Al-Sadate et Al-Assad. Le lundi suivant, je m'envolais pour Londres accompagné par Nashibi avec la ferme intention d'y plaider la cause arabe. J'étais d'autant plus confiant que, trois ans plus tôt, en 1970, le gouvernement britannique (geste exceptionnel) avait pris position lors d'un vote à l'ONU contre la politique israélienne et exigé le retrait des territoires occupés en 1967.

En tant que membre permanent du Conseil de sécurité des Nations unies et allié des États-Unis, la Grande-Bretagne exerçait une influence importante dans les affaires internationales. J'espérais faire comprendre au Premier ministre Edward Heath qu'il était indispensable que l'Angleterre nous soutienne et tente de raisonner les Américains. Bien sûr, je ne suis pas naïf. Je suis conscient des liens qui attachent les États-Unis à Israël qu'ils considèrent comme leur 51e État. Mais une grande nation ne se reconnaît-elle pas dans sa défense des injustices ? C'est en cela que j'admirais tant le général de Gaulle. Je n'ai pas eu le privilège de le connaître personnellement, et je le regrette, mais je l'ai toujours tenu en haute estime. En 1940, alors que tous croyaient la France morte, il a eu le génie de porter son cadavre dans ses bras et de faire croire au monde qu'elle était toujours vivante. Lors de la guerre de 1967 entre l'Égypte et Israël, il avait adopté une attitude qui méritait d'être saluée. Interrogé sur la situation, il avait osé faire une déclaration dont j'ai conservé chaque mot en mémoire : « Je me demande si les Juifs, jusqu'alors dispersés, mais qui étaient restés ce qu'ils avaient été de tout temps, c'est-à-dire un peuple d'élite, sûr de lui-même et dominateur, n'en viennent, une fois rassemblés dans le site de leur ancienne grandeur, à changer en ambition ardente et conquérante les souhaits très émouvants qu'ils formaient depuis dix-neuf siècles : l'an prochain à Jérusalem[1]. »

Lors de mon séjour dans la capitale britannique, j'ai déployé tous mes efforts de persuasion pour essayer de résoudre la crise au mieux des intérêts de mes frères

1. Cette phrase, prononcée lors d'une conférence de presse le 27 novembre 1967, suscita de violentes controverses.

arabes, et tout particulièrement du peuple palestinien. Au même moment, les gouvernements égyptien et syrien ont commencé à envoyer des signaux de détresse. Tous deux manquaient de nourriture et de médicaments.

J'ai immédiatement alloué une centaine de millions de livres sterling d'aides aux deux pays, et pressé le personnel de notre ambassade pour qu'il achète au plus vite des tonnes de conserves et des médicaments. Ces produits furent transportés à Heathrow et embarqués dans un avion spécialement affrété à destination de Damas et du Caire. Plus personne aujourd'hui ne s'en souvient. Peu importe !

Après ma réunion au 10, Downing Street, je suis resté encore quelques jours à Londres à débattre avec des responsables britanniques. En vain.

J'étais à la fois furieux et exaspéré, et mon ami Nashibi partageait mes sentiments. Comment en eût-il été autrement ? La Palestine coulait dans ses veines.

Nous étions attablés devant une tasse de thé au Dorchester lorsque je lui ai fait part de mon découragement :

— Pourquoi les Juifs ne comprennent-ils pas que persister dans leur refus de partager cette terre équitablement ne peut les mener qu'à la catastrophe. Pas demain, ni dans dix ans, mais un jour. C'est inexorable. On ne peut lutter contre l'histoire. L'histoire travaille à notre insu.

— Excellence, comment en serait-il autrement puisque le mouvement sioniste a pour principe de bâtir une réalité nationale sur les ruines d'une autre ? Il me souvient que mon père avait eu un jour une discussion avec un colon d'origine polonaise. Un certain Levstein. C'était fort intéressant. Levstein maintenait que les Juifs avaient le droit de revenir en Palestine parce que leurs ancêtres y avaient vécu dans un passé lointain, et que ce pays est toujours resté ancré au tréfonds de leur mémoire. À quoi mon père lui a répondu : « Si vous réclamez le droit au retour, c'est que vous êtes partis. Alors que nous, nous n'avons jamais quitté ce sol. Nous y habitons depuis plus de mille cinq cents ans. »

— Et qu'a répondu ce M. Levstein ?

— Rien. Ou rien qui vaille la peine d'être défendu.

Une lueur amusée a traversé les prunelles de Nashibi, tandis qu'il reprenait sur un ton plus léger :

— Je vais vous faire sourire, Excellence. L'un de mes amis, né à Jérusalem et exilé après la Nakba[1], a longtemps vécu ici, à Londres, et y a fait ses études. Après avoir acquis la nationalité britannique, il s'est marié, et a eu un enfant. Lorsque celui-ci est devenu un adolescent, mon ami a décidé de l'emmener à Jérusalem visiter la maison où leurs ancêtres avaient vécu. À leur arrivée à l'aéroport Ben Gourion, l'officier a examiné le passeport de mon ami et lui a demandé : « Vous êtes né à Jérusalem à ce que je vois. Depuis combien de temps n'êtes-vous pas revenu ? » Mon ami a répondu : « Presque cinquante ans. » L'officier a répliqué sur un ton ironique : « Et

1. *Nakba*. Ce terme arabe signifie « la catastrophe », « le désastre », et désigne le déplacement forcé de 700 000 Palestiniens à la création de l'État d'Israël, en 1948.

comme ça ? Du jour au lendemain, cinquante ans plus tard, il vous a pris l'envie de revenir ? » Mon ami a haussé les épaules, et répliqué : « Et vous ? Comme ça ? Du jour au lendemain, deux mille ans plus tard, l'envie vous a pris de revenir ? »

J'ai éclaté de rire. La réponse était non seulement pleine d'humour mais implacable.

Mes efforts en Angleterre n'ayant pas abouti, je suis rentré chez nous et, à peine descendu de l'avion, j'ai annoncé : « Le pétrole n'a pas la même valeur que notre sang. Nous pouvons donc le sacrifier. Nous n'épargnerons donc aucun effort pour que soit trouvée une solution juste à ce conflit. »

Un embargo pétrolier fut décidé par tous les membres de l'Opep visant les pays qui soutenaient Israël ; tout particulièrement les États-Unis et les Pays-Bas. Hélas, l'embargo n'a pas tenu. La trahison est venue du Chah qui a décidé unilatéralement de continuer à livrer son pétrole et même de doubler sa production. Maintenir notre position ne servait plus à rien.

Vers le 22 octobre, alors que le cessez-le-feu avait été accepté par les deux protagonistes, je me suis envolé pour Le Caire et Damas. Cette guerre avait causé la mort de 15 000 personnes et fait plus de 35 000 blessés, parmi ceux-ci des civils, des enfants touchés par des éclats de verre ou des shrapnels. Ce spectacle m'a arraché des larmes. Pour soulager les hôpitaux submergés, j'ai proposé de faire soigner une partie des blessés chez nous et organisé pour ceux qui étaient le plus gravement atteints un déplacement en Europe, essentiellement à Londres où ils pourraient être pris en charge par des spécialistes.

J'étais vraiment horrifié.

Tout ce qui touche à la guerre est une gifle au bon sens et un blasphème contre notre Créateur. Je hais la guerre. Toutes les guerres. Elles ne font que des destins brisés. Et les vainqueurs d'un jour ne sont que les vaincus de demain.

*

Chez nous, heureusement, loin des tumultes et du sang versé, mon plan quinquennal portait ses fruits. Le pays se métamorphosait jour après jour. Aux *barastis* avaient succédé de magnifiques constructions. J'avais seulement interdit que l'on élève des gratte-ciel à Al-Aïn, car je tenais à ce que cette oasis conserve son authenticité. Plus de 150 écoles hébergeant plus de 40 000 étudiants avaient été inaugurées. Hôpitaux, dispensaires accueillaient des centaines de patients. Et chaque fois que l'on sauvait une vie, je repensais à la petite Amina, morte faute de soins. Le réseau routier continuait de s'étendre, bientôt il couvrirait tout le pays.

Se posa alors une question fondamentale : nous avions un territoire commun, une défense et une politique communes. Une monnaie commune ne s'imposait-elle pas ?

Les premiers billets furent émis le 20 mai 1973. Comme nous ne disposions pas encore de Banque centrale, ils furent imprimés par la maison britannique Thomas De La Rue and Company. Sur le devant figuraient des motifs géométriques, avec en filigrane la tête d'un cheval et une vignette circulaire à gauche. La vignette présentait un aperçu de la côte sur laquelle était écrit en arabe « Émirats arabes unis ». Au-dessus on pouvait voir un boutre, quatre chameaux et un chamelier. À gauche de la vignette se trouvait un palmier, à droite un derrick et, en dessous, un collier de perles.

22

> Rassurez-vous, le soleil continuera de se lever, la terre de tourner et les oiseaux de voler.

Juin 1976

Que dire des trois années qui venaient de passer ?

En 1974, il y eut une bonne nouvelle. Après vingt-cinq ans de litige, grâce à un arbitrage international, un accord avait été trouvé entre nous et nos frères sur la question d'Al-Buraïmi.

Le 21 août, j'ai fait le déplacement jusqu'en Arabie Saoudite et le roi Fayçal et moi avons apposé nos signatures sur un document désormais connu sous le nom de « traité de Djeddah ». Tant mieux. J'étais soulagé de voir la fin d'une dispute qui n'avait que trop duré. Au moment de repartir, Fayçal et moi nous nous sommes dit adieu, et je ne saurais jamais expliquer pourquoi, mais j'ai éprouvé un sentiment curieux. Comme une sorte de prémonition. Un an plus tard, Fayçal était lâchement assassiné. Je perdais un ami, et l'Arabie Saoudite un grand dirigeant. Grâce à sa gestion rigoureuse, il avait réussi en quelques années à faire ce à quoi j'avais consacré ma vie : transformer une mosaïque de tribus en un État moderne. Il méritait largement son surnom de « Fayçal Al-Arab ». Fayçal des Arabes.

À l'image de la vie des hommes, nous avons connu des jours sereins et des jours de tempêtes. Le pays poursuivait son essor. Des voitures, de plus en plus nombreuses, sillonnaient des routes fraîchement goudronnées. La première ligne téléphonique directe nous reliait à Dubaï. Notre première université, l'université des Émirats arabes unis, allait ouvrir ses portes à Al-Aïn, accueillant aussi bien les filles que les garçons. L'agriculture, à laquelle j'avais toujours attaché une extrême importance, se développait au-delà de mes espérances et je ne désespérais pas de nous voir un jour autosuffisants. Je ne voulais plus jamais connaître les épisodes de disette vécus dans mon enfance. En parallèle, un centre de recherches implanté sur la petite île de Saadiyat, toute proche de la côte, réfléchissait à des solutions qui permettraient de protéger les espaces agricoles face au processus d'extension des agglomérations urbaines.

J'aurais dû me réjouir.

Mon âme était triste.

« Courage, Zayed. N'abandonne pas. Essaye plutôt de comprendre leurs peurs. »

Fatima disait vrai, mais ma résistance était à bout et ma lassitude, immense.

Je crois que le point de non-retour fut atteint dans le courant du mois de décembre 1975. Je venais de passer une semaine à voyager dans les émirats du Nord pour tenter de régler des différends frontaliers – encore et toujours les mêmes – que pour ma part je considérais comme mineurs. On se chamaillait pour quelques dizaines de mètres ! Résultat ? Voilà plus d'un an que la construction d'un hôpital était bloquée parce que deux États revendiquaient la souveraineté du terrain.

À ces problèmes de frontières s'ajoutaient des réticences face au projet d'un pouvoir centralisé qui limiterait les prérogatives de chaque émirat. Il y avait aussi la question des contributions de chacun au budget fédéral. On freinait des quatre fers. Les objections fusaient. La question qui enflammait les esprits était de savoir si les revenus tirés des ressources d'un émirat devaient être considérés comme sa propriété ou celle de la nation tout entière.

D'une poignée de main dans le désert avait jailli une aube nouvelle, et aujourd'hui, sept ans plus tard, nous nous retrouvions dans une impasse constitutionnelle. J'étais malheureux et surtout frustré. En 1971, j'avais été élu président pour cinq ans et, à mesure que la fin de mon mandat approchait, un doute se glissait dans mon cœur.

*

L'horizon seul servait de limite à la mer de dunes.

J'ai pressé d'un coup de talons le pas de ma monture. Un pur-sang couleur crème. Une frange de soleil s'élevait par-dessus les palmeraies. Les lueurs de l'aube commençaient à inonder la terre.

C'était l'heure de la première prière, cet instant qui, dans la pureté de l'aurore, engage toute la longueur du jour.

J'ai élevé légèrement mes poignets, tiré sur les rênes et mis pied à terre.

Le vent chaud me caressa la joue au moment où debout, le visage tourné vers La Mecque, les deux mains à hauteur de mes oreilles, j'ai murmuré : « *Allahu Akbar.* » Dieu est Grand. La plupart des gens l'ignorent, mais cette formule n'a pas qu'un sens unique : elle peut exprimer simultanément la joie et la louange, l'inquiétude ou même l'angoisse dans les situations de détresse. C'est une formule noble et belle. C'est une main tendue vers le Très-Haut, un appel à Sa miséricorde, un cri d'amour. Malheur à celui qui la prononce pour accomplir le mal ! Malheur à celui qui revendique le nom de Dieu pour annihiler des vies !

Je prie.

La prière commence là où les capacités humaines finissent. C'est à travers elle qu'on s'oublie soi-même et que l'on peut accéder au chant de l'univers.

Je prie.

Je me suis laissé glisser sur les genoux et j'ai touché le sol de mon front.

J'ai prié.

Aussi intensément que possible, avec ferveur et humilité. J'ai interrogé et je me suis interrogé.

J'ai terminé en tournant la tête à droite puis à gauche en disant : « Que le salut et la miséricorde d'Allah soient sur vous. » Après un ultime moment de recueillement, je me suis remis en selle et j'ai lancé mon cheval au galop. Longtemps. Jusqu'à ce que la journée atteigne son milieu et la lumière sa violence la plus dévorante. Et puis je les ai vus. Trois Bédouins étaient assis sous l'auvent de leurs tentes. Si vieux que leur peau rappelait l'écorce de citron et, sur leur visage au nez camus, leurs yeux étaient si minces qu'on les aurait pris pour des rides.

Ils ont salué mon arrivée et n'ont affiché aucun étonnement en me voyant m'asseoir parmi eux. Après les salutations d'usage, ils m'ont offert de partager leur repas : du pain cuit sous la cendre, un peu de riz arrosé de graisse de mouton, quelques dattes. J'ai pensé : « Voici le comble de la félicité sur terre ! »

Ils m'ont demandé des nouvelles de la capitale, de ma famille. Nous avons parlé de la chasse, des chevaux, des faucons bien sûr, et du destin.

À ce jour, j'avais côtoyé une reine d'Angleterre, des ministres, des présidents, et j'ai pensé que ces Bédouins n'étaient guère différents.

Brusquement, l'homme le plus âgé m'a fixé d'une manière très étrange et m'a demandé :

— Qu'es-tu venu chercher, Zayed ?

— Peut-être une réponse.

— Tout dépend de la question.

— J'ai besoin de comprendre.

— Comprendre ?

— Comprendre ce que Dieu veut que je fasse, trouver une vérité qui soit vraie pour moi.

Il a souri avec bienveillance.

— Zayed, mon frère, il arrive que la direction que nous avons cru donner à notre existence s'obscurcisse, que ce qu'on croyait être notre mission, notre but, ne corresponde plus à ce qu'indique notre boussole intérieure. Si cela survient, il n'existe qu'une solution pour retrouver la bonne direction.

— Laquelle ?

— Prendre de la distance. Pour voir la lumière de l'aube, il faut passer par la nuit. *As-Sabr !* La patience.

Il enchaîna :

— Ce n'est pas à un homme comme toi que je rappellerai que la patience fait partie des signes de grandeur et de perfection que chaque homme doit cultiver, en faisant abstraction de ce qui l'entoure.

Il a posé sa main parcheminée sur la mienne et a répété :

— *As-Sabr*, Zayed, *as-Sabr !*

Lorsque je suis reparti, le crépuscule commençait à peindre le ciel de mauve.

*

Voilà des semaines que le rédacteur en chef du quotidien bahreïni *Akhbar Al-Khalij*, les « Nouvelles du Golfe », sollicitait une interview, et des semaines que, faute de temps, je repoussais la rencontre. Finalement, ce n'est que le 31 juillet que j'ai pu l'accueillir au palais Al-Manhal, le « palais de la fontaine », où je résidais désormais – le vieux qasr Al-Hosn n'étant plus réservé qu'au centre de documentation.

Ce journaliste devait avoir la quarantaine, et il était donc certainement très expérimenté, mais son expression traduisait le trac du débutant, à moins que ce ne fût de l'appréhension.

J'ai fait de mon mieux pour le mettre à l'aise. Nous avons bu du café, évoqué l'avenir des Émirats, les projets en cours, et au moment de nous séparer il m'a posé une dernière question, comme s'il venait tout à coup de s'en souvenir :

— Excellence, nous approchons bientôt de la fin de vos cinq années de présidence. Je suppose que vous allez vous représenter ?

Je m'attendais à ce que le sujet soit abordé. J'ai pris une brève inspiration.

— Non. Je ne briguerai pas un second mandat.

Il s'est figé.

— Pardon, Excellence ?

— Je n'ai pas l'intention de briguer un second mandat.

— Excellence… vous… c'est impossible !

— Pourquoi donc ? Je vais bientôt avoir soixante ans. Ne pensez-vous pas qu'il est temps de céder la place à la jeunesse ? Rien n'est jamais définitif.

— Mais… vous ne pouvez pas, Excellence !

— Mais si. Rassurez-vous, le soleil continuera de se lever, la terre de tourner et les oiseaux de voler. Des hommes neufs sauront parfaitement me remplacer. Il n'en manque pas. Mon fils Khalifa par exemple. Il a vingt-huit ans. S'il est élu par le Conseil suprême, il fera j'en suis sûr un excellent travail. Mais il existe bien d'autres personnes tout aussi capables.

Le rédacteur se récria :

— Vous êtes le père de la nation ! Que deviendront vos enfants si vous n'êtes plus là ?

— C'est simple. Ils deviendront des pères à leur tour.

Je me suis levé, pour faire comprendre au journaliste que notre entrevue était arrivée à son terme, et le soir même j'ai rédigé une lettre à l'intention des six autres dirigeants. Son contenu était simple mais sincère.

Je pense que mes collègues dirigeants sont conscients de la nécessité d'accorder au président quelques pouvoirs ; des pouvoirs qui lui permettraient d'opérer les changements qui s'imposent. Si j'ai pris cette décision difficile, c'est parce que j'ai constaté qu'être président ne vaut rien, si ce président n'a pas plus de poids qu'une plume.

La page était tournée.

Je n'imaginais pas alors la violence de la tempête que cette décision allait soulever.

23

> Être président ne vaut rien, si ce président n'a pas plus de poids qu'une plume.

Moi, Farès, je me souviens de tout.

Qu'il était loin le jour où, grâce à sa défunte mère, Salama, Dieu ait son âme, j'ai rencontré Zayed, et qu'il est loin ce temps où, ensemble, nous avons bataillé à Al Aïn pour mener à bien son projet d'irrigation. C'était en 1950. Vingt-six ans déjà ! Comme le temps passe ! Il m'a fait l'honneur de me conserver son amitié et, depuis son élection à la présidence, j'étais devenu aussi son secrétaire particulier.

Dès l'aube, à peine la nouvelle publiée par *Akhbar Al-Khalij*, ce fut comme un tremblement de terre. Notre bureau a croulé sous des appels téléphoniques qui provenaient des quatre coins du monde. Le président Anouar Al-Sadate, le désormais Premier ministre du Pakistan Zulfikar Ali Bhutto, le roi Hussein de Jordanie, les Premiers ministres du Maroc et du Liban, Edward Heath, le prince héritier d'Ajman, et j'en oublie tant la liste est longue.

Nous étions pris dans un invisible maelström. Personne ne voulait ni ne pouvait imaginer la toute nouvelle fédération privée de son fondateur. L'information était-elle vraiment fondée ? La question me brûlait les lèvres, mais jamais je n'aurais osé la poser.

En compulsant l'agenda de Zayed, j'ai remarqué de nombreux rendez-vous pour les semaines à venir. Le 2 août on l'attendait à Dubaï pour assister à la pose de la première pierre d'un nouveau port, le Jebel Ali. Une fois achevé, il serait le plus grand port artificiel en eau profonde du golfe Arabique et le plus important du Moyen-Orient. Lors de cette cérémonie, la plupart des gouverneurs seraient présents. Quelle serait leur réaction ?

Par ailleurs, le 5, il avait prévu une série de voyages en Somalie et au Sri Lanka. Ensuite ce serait l'Inde et enfin Londres. Maintiendrait-il ses déplacements ? Dans ce cas, il serait absent pendant plus d'un mois. Qu'adviendrait-il ?

À ma grande surprise, le 2 août, comme prévu, Cheikh Zayed est arrivé en voiture à Jebel Ali. Il m'avait prié de l'accompagner. Je me souviens qu'il faisait une chaleur torride.

Lorsqu'il est sorti de sa Cadillac, il s'est tout de suite dirigé vers Cheikh Rachid venu l'accueillir. Je me trouvais à quelques pas et, comme tout le monde, j'ai retenu mon souffle. Qu'allait-il se passer ? Contre toute attente, Cheikh Rachid a pris son ami dans les bras. Ils se sont donné l'accolade et ils ont échangé quelques mots. On les dévorait des yeux, on les scrutait. Je n'ai pas vu le moindre signe de contrariété sur leur visage. Je crois que les plus déçus étaient les médias venus en force des pays alentour et qui, sans doute, espéraient être les témoins d'un incident. Il n'y en eut aucun.

La cérémonie terminée, nous sommes repartis. Il devait être 5 heures du soir. Une fois au palais, Zayed a pris quelques rafraîchissements et ensuite il a prié. Je me demandais si, comme à son habitude, il siégerait à son *majlis*. Lorsque je m'en suis inquiété, il m'a souri : « Bien sûr. Ma porte est ouverte à tous. » Je lui ai fait remarquer que les visiteurs étaient trop nombreux pour que nous puissions tous les accueillir. Il s'est contenté de répondre : « Ma porte est ouverte à tous. »

On eût dit que tous les habitants s'étaient rassemblés. On l'adjurait de revenir sur sa décision. On le suppliait. Certains avaient même les larmes aux yeux. Et lui, imperturbable, souriant, répondait que c'était son choix. Que c'était mieux ainsi. La même scène s'est déroulée au cours des deux nuits suivantes.

Le 5 août, il s'est envolé pour Mogadiscio. Une délégation importante nous accompagnait. J'ai noté entre autres la présence du ministre des Travaux publics Cheikh Mohammad bin Sultan Al-Qasimi. J'ai cru comprendre qu'il s'agissait à la fois d'une visite privée et officielle. Dans l'avion, Zayed m'a confié comme on délivre un secret : « Sais-tu que la faune somalienne est classée parmi les plus intéressantes d'Afrique ? On y trouve entre autres de magnifiques outardes et des autruches uniques au monde. Elles adoptent paraît-il une couleur bleu nuit lors de la saison des accouplements. » J'ai rétorqué, un peu surpris : « Tu as donc l'intention de chasser ? » Il a hoché la tête : « Pourquoi devrais-je m'en priver ? »

Le président Mohammad Siyad Barré nous attendait au pied de la passerelle. Il n'était pas loin de la soixantaine. Filiforme, la peau ébène. Sur le moment, je ne sais pas pourquoi, mais j'ai trouvé que la petite moustache noire qui couvrait sa lèvre supérieure lui donnait un faux air de Charlie Chaplin. Il était à la tête de la Somalie depuis une quinzaine d'années et s'était forgé une réputation de respectabilité. Non seulement il avait instauré la gratuité des soins et de l'éducation, mais il avait décrété l'égalité des citoyens devant la loi en imposant notamment celle des sexes. Hélas, son pays sortait d'une terrible période de sécheresse, et des milliers de cultivateurs et d'éleveurs s'entassaient à la périphérie de la ville.

Si Zayed imaginait être à l'abri des pressions à Mogadiscio, il se trompait. D'abord, le président somalien n'a eu de cesse que de le persuader de rester en fonction. Et les nouvelles qui nous parvenaient des Émirats étaient loin de plaider pour une accalmie. C'est tout un peuple qui faisait entendre sa voix. Les cheikhs et les ministres étaient assiégés par des lettres de protestations leur demandant d'agir. Le 6 août, 20 000 personnes parties d'Al-Aïn se présentèrent devant les bureaux du ministère des Affaires étrangères, réclamant à cor et à cri le retour de Zayed. Le ministre, Ahmed Khalifa Al-Suwaidi, a fait tout ce qui était en son pouvoir pour apaiser la foule. En vain.

Le 7 août, alors qu'il s'apprêtait à aller chasser, Zayed m'a convoqué et m'a demandé d'organiser une conférence de presse. J'avoue que sur le moment mon cœur a frémi de joie. Il allait sûrement annoncer qu'il avait changé d'avis et qu'il se présenterait aux prochaines élections. Je fus déçu.

Je n'ai retenu de son discours que ces mots :

« La population des Émirats arabes unis est désormais plus instruite et plus consciente du monde extérieur. En conséquence, les citoyens sont devenus plus difficiles à satisfaire et plus exigeants. Qu'ils sachent que je les aime profondément et que je les considère comme mes enfants. Toutefois, aujourd'hui, j'ai l'impression que je peux beaucoup mieux les servir en me plaçant en retrait, tout en apportant le plus grand soutien à un nouveau président. Il sera, j'en suis sûr, plus apte que moi à répondre à leurs demandes. »

Je l'ai écouté religieusement. Jusqu'au bout. J'étais convaincu qu'il avait tu l'essentiel. Moi, j'avais bien compris que son refus de faire marche arrière était motivé principalement par le rejet par plusieurs membres du projet de Constitution permanente auquel il avait consacré d'importants efforts. Ce projet lui aurait permis d'être pleinement habilité à assumer ses responsabilités de président. Ce qui expliquait sa remarque : « Être président ne vaut rien, si ce président n'a pas plus de poids qu'une plume. »

Lors de la conférence de presse, il pensait avoir éteint le feu, il n'avait fait que souffler sur la braise. Dans l'heure, une pluie de télégrammes s'est abattue sur l'ambassade des Émirats à Mogadiscio. La vague d'émotion soulevée par sa démission n'était pas près de retomber.

24

> « Sens-tu ces parfums ? Nous sommes pourtant fin novembre et l'air est encore plein des odeurs de l'été. »

— Arrêtez le convoi !

Et comme le chauffeur ne semblait pas avoir compris, Cheikh Zayed réitéra son ordre.

Derrière nous, j'ai aperçu dans le rétroviseur le convoi qui pilait.

Une quarantaine de minutes auparavant, nous avions atterri à Hargeisa, dans le nord-ouest du pays, à bord d'un avion privé que le président Siyad Barré avait mis à notre disposition. Là, plusieurs jeeps chargées de militaires et deux Land Rover nous attendaient, et nous avions pris la route de Gabiley. Au dire du président nous trouverions dans la plaine de Guban la plus belle variété d'animaux sauvages qui soient.

J'ai questionné Zayed.

— Pourquoi cet arrêt ?

Il a pointé son doigt.

Dans un premier temps, j'ai noté la présence d'un petit groupe d'enfants assis parmi la broussaille. Ils avaient dans leurs mains une ardoise et semblaient réciter un texte sous les directives d'un vieil homme vêtu d'un *bati*[1]. Un peu plus loin, une jeune fille était en train de traire une vache blanche aux cornes en forme de lyre. Une femme debout au milieu du champ poussiéreux resserrait la sangle qui retenait son bébé dans son dos. Plus loin broutait un troupeau de chèvres.

— Je ne vois rien de particulier.

— Mon cher Farès, te souviens-tu de ce que je t'avais dit à propos de ton chameau le jour où il participait à cette course ? « Il n'a plus d'âge, il a les oreilles trop courtes, les jarrets tournés en dehors et trop saillants en arrière ! » Je me demande si tu ne commences pas à lui ressembler avec l'âge.

Il a montré une nouvelle fois un point, mais vers la droite.

Et là, j'ai vu une dizaine d'adolescents qui se tenaient de part et d'autre d'un filet tendu entre deux acacias. Ils jouaient au volley-ball.

— Et alors ? Qu'y a-t-il de si particulier ?

En guise de réponse, Zayed a ouvert la portière et il est parti vers les jeunes gens. Je lui ai emboîté le pas. Dans la seconde, les militaires ont bondi hors de leurs véhicules et se sont précipités sur nos traces.

1. Tenue traditionnelle somalienne.

Un officier a crié :

— Excellence ! Où allez-vous ?

Zayed l'a rassuré d'un geste et il a poursuivi son chemin.

Une fois devant les joueurs, il les a salués avec un grand sourire.

Je lui ai chuchoté :

— Puis-je savoir ce qui te prend ? C'est du volley-ball.

Il m'a regardé de bas en haut.

— Et toi, tu es amnésique. As-tu oublié que c'est l'une de mes passions, après la chasse au faucon bien sûr ?

Avant que je n'aie eu le temps de répliquer, il a interpellé l'un des garçons :

— Je vois que vous n'êtes que dix. Pouvons-nous nous joindre à vous ?

— Bien sûr !

Zayed m'a pris par le bras.

— Allons-y !

J'ai bredouillé :

— Mais… je ne sais pas jouer !

— Tu n'es pas moins doué que ton chameau. C'est simple, tu n'auras qu'à taper dans le ballon.

L'officier, affolé, a protesté :

— Excellence, c'est dangereux. Je vous en prie, regagnez votre véhicule.

— Tout ira bien. Ne vous inquiétez pas.

Sans attendre, il m'a indiqué une équipe et a rejoint l'autre.

Cette situation était surréaliste. Nous étions là, au milieu de nulle part, à des kilomètres de chez nous où les gens vivaient sans doute une crise de nerfs, et alors que les dirigeants du monde entier s'interrogeaient, Cheikh Zayed jouait au volley-ball avec des gamins !

J'ai tapé comme j'ai pu dans ce ballon. Nous étions en août, j'ai cru cent fois mourir.

Lorsque la partie s'est terminée, il s'est assis au pied de l'un des acacias et a fait signe à l'un des gardes du corps de nous servir des boissons fraîches. Nous en avions un coffre plein dans des boîtes isothermes. Les garçons étaient aux anges et Zayed aussi. Il leur posait mille et une questions. Il voulait savoir ce que faisaient leurs parents, ce qu'ils attendaient de la vie, où ils habitaient et surtout s'ils allaient à l'école.

— Nous apprenons le Coran, comme eux, expliqua l'un des jeunes gens en désignant le groupe d'enfants.

C'est là que nous avons compris que le vieil homme vêtu d'un *bati* leur faisait réciter les versets.

Et l'adolescent s'est empressé de préciser :

— Il y a aussi une petite école dans le village.

Il est ressorti de cette conversation que la majorité de ces enfants était les fils de villageois qui cultivaient du maïs et du sorgho pour leur propre consommation, et pour faire un peu de commerce en cas d'excédent.

Lorsque nous avons regagné notre véhicule, Zayed était sombre. La joie que j'avais lue sur son visage pendant la partie de volley-ball s'était évanouie. Il m'a dit avec gravité :

— Tu comprends, Farès, c'est l'injustice qui appelle au contournement de la loi, c'est elle qui conduit le monde au chaos.

La veille de prendre l'avion pour le Sri Lanka, il a demandé au ministre des Travaux publics, Cheikh Mohammad bin Sultan Al-Qasimi, de faire don au gouvernement somalien de 40 millions de dollars. La somme serait consacrée à la construction d'un barrage, d'une sucrerie, et au soutien des populations menacées de famine. Le lendemain, alors que nous nous dirigions vers l'aéroport, je lui ai fait remarquer affectueusement :

— D'où te vient tant de générosité ? Tu n'es pas las de donner ?

Il m'a dévisagé comme s'il trouvait la question incongrue.

— Imagine que Dieu t'ait accordé un revenu de 10 millions de dollars et que, pour subvenir à tes besoins personnels et ceux de ta famille, il ne t'en suffirait que 2. Que ferais-tu du surplus ? Je vais te le dire, Farès : s'il existe en toi un minimum de décence, il serait impensable que tu ne le redistribues pas à ton entourage, à ceux qui sont dans le besoin. Agir autrement serait non seulement criminel, mais blasphématoire à l'égard du Créateur qui t'a comblé.

25

> Je suis bédouin et nomade.
> Je suis le désert et l'eau.

Lorsqu'il m'arrive de repenser à cette partie de volley-ball et à l'expression interloquée de mon ami Farès, je souris. Je songe aussi à la panique qui s'est emparée de mes gardes du corps. Au risque de me répéter, la vie et la mort appartiennent au Très-Haut, qui les distribue selon Sa volonté. Tant de dirigeants sont tombés au cours des dernières décennies. Al-Sadate, Kennedy, Martin Luther King, Gandhi. À quoi leur ont servi leurs gardes ? À rien. L'homme, qu'il soit anonyme ou célèbre, prince ou mendiant, ne peut modifier un grain de sable du destin que le Créateur des mondes lui a assigné au jour de sa naissance.

Pour moi, en tout cas, je conserve le souvenir d'un merveilleux moment de liberté et d'échange. C'est par l'échange que l'on entretient l'alliance entre les humains. Je pense aussi que dans la vie il faut se laisser guider par l'instinct et la foi en Dieu. L'être que je suis a besoin de ces deux piliers. Car je suis complexe. Je suis le fruit de milliers d'années. Je suis bédouin et nomade. Je suis le désert et l'eau.

Au fond, la plupart des êtres humains aiment à résumer leur vie dans une formule. Je ne suis pas de ceux-là. Une existence ne se compose pas, quoi qu'on dise, d'une ligne horizontale et verticale, mais bien plutôt de lignes sinueuses, étirées à l'infini, sans cesse rapprochées et divergeant sans cesse. Elles résument ce qu'un homme a cru être, ce qu'il a voulu être, et ce qu'il est.

C'est la raison pour laquelle la décision que j'avais prise d'abandonner la présidence était si mal comprise, alors que pour moi elle était claire.

*

J'ai atterri à Colombo le 14 août 1976.

Qui se souvient encore des grands jours du mouvement des non-alignés ? Du temps où il était dirigé par des hommes d'État extraordinaires, à la fois patriotes et citoyens du monde, qui croyaient passionnément au concept de souveraineté nationale et au bien-être général. Le terme « non-alignement » avait été inventé par le Premicr ministrc indicn Nchru lors d'un discours en 1954 et précisément à Colombo. La conférence qui s'est tenue par la suite dans la ville indonésienne de Bandung fut une étape importante. C'est à ce moment que les nations du tiers-monde, dont la plupart venaient tout juste de gagner leur indépendance, manifestèrent clairement leur refus d'intégrer l'un ou l'autre des deux blocs. Ils étaient alors une trentaine.

Onze ans plus tard, sous l'égide de la Première ministre indienne Indira Gandhi, nous étions 85. J'avoue que, dès la première séance, il m'a paru que le mouvement avait perdu de ses capacités d'initiatives. L'aiguisement des différences politiques et idéologiques avait engendré une tendance au repli sur soi, et la diversité des membres rendait un consensus difficile. Je le regrettais.

Les débats portèrent notamment sur le veto que les Américains avaient exercé sept mois plus tôt, empêchant l'application d'une résolution de l'ONU qui exigeait le retrait israélien des territoires occupés depuis 1967, le droit à l'autodétermination des Palestiniens et le retour des réfugiés. J'ai estimé de mon devoir de rappeler une fois encore la position inébranlable des Émirats : le soutien au peuple palestinien et son droit à un État.

Entre-temps, notre ambassade à Colombo était au bord de l'asphyxie. Des milliers de câbles m'avaient suivi au Sri Lanka. Je n'y pouvais rien, hélas, même si j'étais sincèrement ému. À vrai dire, je peinais à comprendre cet embrasement car, dans mon esprit, nul n'est indispensable. Tôt ou tard survient un être de talent capable d'accomplir ou de parachever ce que vous avez commencé. Le génie de l'homme ne connaît pas de limite.

J'ai eu bien du mal à trouver le sommeil avant de m'envoler pour ma prochaine destination : l'Inde.

Ce n'était pas ma première visite.

Il y avait eu en 1946 ce voyage avec Hazza, que Dieu ait son âme, et en janvier 1975 j'avais répondu à l'invitation d'Indira Gandhi. À cette occasion nous avions signé de nombreux accords de coopération et établi des liens d'amitié qui ne se sont jamais démentis.

Cette fois-ci, je n'étais pas en visite officielle. Mon voyage était inspiré par le désir de prendre de la distance, du recul, et de visiter plus longuement l'Inde. À Farès qui s'en était étonné, j'ai simplement répondu : « Pour voir la lumière de l'aube, il faut passer par la nuit. *As-Sabr !* » Il n'a pas eu l'air de comprendre et n'a pas insisté.

Lors de mon séjour, entre deux déplacements, j'ai revu Mme Gandhi et, une fois de plus, j'ai pu apprécier ses grandes qualités de femme politique. Elle aura indiscutablement marqué l'histoire de son pays en lui permettant de devenir une réelle puissance régionale. Sa mort m'a ému à plus d'un égard. Le 31 octobre 1984, elle fut assassinée dans les jardins de sa résidence par deux militaires chargés de sa protection. Ils se vengeaient ainsi de l'armée indienne responsable quelques mois plus tôt de la mort d'une centaine de personnes qui appartenaient à la communauté Sikh, tout comme les gardes de Mme Gandhi.

Tout meurtre est une ignominie. Mais dans ce cas précis, ce qui m'a terriblement choqué, ce sont les motifs qui ont inspiré cet acte barbare : le fanatisme et l'intolérance. Les deux plaies de l'humanité. Ce n'est pas sans raison qu'en décembre 1992 je n'ai pas hésité à ordonner l'expulsion de plusieurs milliers de musulmans indiens, pakistanais et bangladais qui, après le sac de la mosquée d'Ayodhya en Inde par des extrémistes hindous, s'en étaient pris à des temples sikhs et à des écoles chrétiennes dans notre pays. Ce n'est pas sans raison non plus que, trois ans plus tard, en février 1995, afin de préserver l'ordre public, j'ai exigé que les imams dans nos mosquées s'en tiennent strictement dans leurs prêches aux textes communiqués par le ministère des Affaires islamiques. Comme je l'ai répété maintes fois : l'extrémisme religieux ne trouvera jamais de place dans notre société. Je refuse les forces obscurantistes qui s'emparent du texte sacré pour élaborer une autre forme de religion, proche de la secte. En agissant ainsi, ils représentent un danger de dissension pour la communauté musulmane et menacent le consensus. Je crois qu'une foi, quelle qu'elle soit, n'est tolérable que si elle est tolérante. C'est pourquoi églises et temples seront toujours les bienvenus chez nous[1].

J'ai profité de mon passage en Inde pour aller à Agra. J'avais beaucoup entendu parler de ce lieu qui abritait l'un des plus beaux monuments du monde. Le « palais de la couronne », ou Taj Mahal. J'avais là l'occasion de le découvrir enfin. J'ai atterri vers midi, accompagné par quelques proches, parmi lesquels Nashibi, venu me

1. Le nombre d'églises a doublé entre 2005 et 2015. On en dénombre aujourd'hui pas moins d'une quarantaine. L'église orthodoxe de Sharjah est la plus grande des Émirats et peut accueillir jusqu'à 10 000 fidèles pendant la période des fêtes. On y trouve aussi des temples hindous et, récemment, Son Excellence Cheikh Mohammed bin Zayed, prince héritier, a accordé un terrain de 55 000 mètres carrés sur lequel sera érigé le plus important lieu de culte des Émirats.

rejoindre. Une heure plus tard nous arrivions au bord de la rivière Yamuna, et ce fut le choc.

Devant nous se dressait un joyau sur fond d'azur, la beauté à l'état pur.

Grâce à Mme Gandhi, le lieu avait été privatisé et nous avions la chance de n'être qu'une poignée de visiteurs. Que dire face à une telle concentration de merveilles ? Le fait que ce mausolée de marbre blanc fut érigé au nom de l'amour ajoutait une intense émotion à sa beauté. C'est là que reposait la dépouille de Mumtaz Mahal, l'épouse adorée de l'empereur.

Selon le guide, la construction de l'édifice avait nécessité quelque 20 000 ouvriers, et 1 000 éléphants transportant les matériaux venus de toute l'Asie. Des artisans avaient été amenés d'Europe pour concevoir les délicats treillis de marbre et les panneaux, faits de milliers de pierres semi-précieuses.

Le dôme central était entouré par quatre minarets identiques, qui s'inclinaient vers l'extérieur de telle sorte qu'en cas de tremblement de terre ils s'écroulent dans la direction opposée au tombeau. Comble du raffinement, les couleurs de l'ensemble variaient tout au long du jour et de la nuit, afin de rappeler – affirmait le guide – les changements d'humeur de Mumtaz Mahal : rose à l'aurore, éclatant de blancheur à midi, doré au couchant, mystérieusement lumineux sous la clarté lunaire.

Que ne fait-on pas au nom de l'amour ?

Lorsque nous aimons, Dieu n'est pas dans notre cœur, nous sommes dans le cœur de Dieu.

Je n'en suis pas sûr, mais il me semble bien que c'est au soir de cette visite que j'ai couché ces vers :

Mon amour pour toi m'emplit les entrailles
Serait-il une montagne, que je la gravirais
Malheur à celui qui est comme moi
Par cet amour à jamais consommé !
Tel le soleil, tu luis ô mon amour
Toi, remède de mon âme.

Et ma dernière pensée cette nuit fut pour Fatima.

*

9 septembre 1976

Mon séjour à Londres a duré dix-huit jours. Je me serais donc absenté hors des Émirats un peu plus d'un mois.

Au moment où l'avion a posé ses roues sur la piste, j'ai glissé un coup d'œil à travers le hublot. Tout paraissait calme. À part les voitures officielles qui nous attendaient, je ne constatai rien de particulier. Je me suis demandé pourquoi mon cher ami Farès s'était montré si angoissé durant notre voyage. Je me suis tourné vers lui : il dormait comme un nouveau-né. Il n'a ouvert les yeux que lorsque l'appareil s'est immobilisé et que le commandant de bord a annoncé : « Bienvenue à l'aéroport international de Dubaï. »

Sa première question fut :

— Alors, Zayed, es-tu heureux de rentrer au pays ?

J'ai acquiescé :

— Heureux comme un père qui retrouve ses enfants.

En vérité, j'avais du mal à cacher mon émotion.

Nous sommes descendus le long de la passerelle et c'est seulement à ce moment que mon regard a croisé la foule de dignitaires alignés devant l'entrée du salon d'honneur : des ministres, des représentants du gouvernement, des princes, des membres de la famille régnante des sept émirats. Nous n'avions pas fait cent pas que je fus assailli. On m'embrassait, on me congratulait, certains sanglotaient.

Finalement, après maints efforts, j'ai réussi à me dégager, et nous sommes partis pour le palais Al-Bateen.

La route était bordée d'hommes et de femmes, d'enfants qui scandaient des slogans, applaudissaient, acclamaient, brandissaient des drapeaux et des panneaux. Je suis resté silencieux. Bouleversé de constater que l'éloignement n'avait en rien modifié la détermination de ce peuple, son attachement à ma personne et son désir têtu de me garder comme président.

J'ai baissé la vitre, agité ma main vers la foule et pensé : « Parfois, je souhaite redevenir un enfant. Les genoux écorchés sont plus faciles à soigner qu'un cœur brisé. »

À ma grande stupéfaction, comme s'il avait lu en moi, Farès, qui était assis à mes côtés, m'a lancé :

— Ce cœur, il ne tient qu'à toi de le réparer. Il suffirait pour cela de nous revenir. Je t'en supplie. Pense à eux, pense à nous.

J'ai fait volte-face et j'ai rétorqué, avec une pointe d'agacement :

— Serais-tu donc fou, Farès ? Crois-tu que je ne le veuille pas ?

— Mais… mais alors ?

— Essaye donc de comprendre. Un poème doit être pris dans son ensemble. On ne peut en retirer un mot ou en rajouter sans le défigurer. Le poète, qui par faiblesse ou motivé par je ne sais quel intérêt ferait cette concession, se trahirait. Il ne serait plus ce qu'il est. Je me refuse à changer un seul vers. Sinon je ne serais plus ce que je suis.

J'ai conclu avec force :

— La création des Émirats arabes unis est mon poème.

Le même déferlement nous attendait devant le palais. Malgré la chaleur accablante, il y avait là des milliers de personnes. La présence de cette foule était d'autant plus extraordinaire que le mois de septembre est l'un des mois les plus chauds du calendrier. Habituellement, c'est la période de l'année où l'on se calfeutre à l'intérieur des maisons pour profiter de la climatisation ou de la fraîcheur relative d'un ventilateur.

Pourtant, ils s'étaient déplacés, venus des quatre coins du pays.

J'ai ordonné aux gardes l'ouverture des portes du palais et demandé que l'on distribue des rafraîchissements. Ensuite, je suis sorti du véhicule, et j'ai salué les gens. Je connaissais la plupart par leur nom. Une heure plus tard, je m'isolais dans mes appartements.

Le lendemain, alors que tout le pays était en apnée, j'ai rédigé une longue lettre dans laquelle j'exprimais mes remerciements au peuple pour son amour et la reconnaissance qu'il me témoignait.

Il ne restait plus que trois mois avant la date fatidique de la fin de mon mandat. Trois mois, et les problèmes demeuraient les mêmes. On avait beaucoup débattu pendant mon absence, mais sans qu'aucune solution ne jaillisse.

Une certitude néanmoins émergea de cet océan de doutes. Le 14 septembre, Cheikh Rachid déclara très solennellement : si je ne revenais pas sur ma décision, en aucun cas il ne se considérerait comme mon successeur. Pour lui, il n'était pas question d'une lutte de pouvoir. Je ne fus pas étonné. Rachid fut toujours un homme de principes et d'honneur.

Semaine après semaine, les grains de sable coulaient dans le sablier. Et je continuais à assumer mes responsabilités.

Le 30 septembre, on vint m'informer que des milliers de personnes avaient l'intention d'organiser une marche de soutien.

— Je suis très sensible à cette attention, ai-je répondu, mais je vous prie de l'annuler. Ne troublons pas les débats en cours au sein du Conseil suprême. Aucune pression ne doit s'exercer sur des esprits libres.

À leur grand regret, ceux qui avaient programmé cette manifestation s'inclinèrent.

Le 27 octobre, je me suis envolé pour Ismaïlia, en Égypte, au nord-est du Caire, afin d'inaugurer une cité que j'avais financée. Je fus accueilli avec tous les honneurs par le président Sadate, et acclamé par une immense foule si nombreuse que le ministre égyptien du Logement n'a pas eu d'autre choix que de m'inviter à prendre place dans un hélicoptère pour découvrir la ville. Elle avait été baptisée la « cité Zayed ». Au cours de mon bref séjour, comme l'avait fait le colonel Siyad Barré en Somalie, le président égyptien s'est évertué à me convaincre de rester à la tête des Émirats. Je me souviens de lui avoir répondu avec une pointe d'humour : « Mon frère, les pharaons se croient éternels. Pas nous, les hommes. »

Une semaine après mon retour, j'ai donné mon feu vert pour la construction d'une usine d'engrais à Al-Aïn. Al-Aïn qui occupait toujours une place privilégiée dans mon cœur.

Le 29 novembre, enfin, la situation bloquée jusque-là a connu un tournant majeur.

Nous nous sommes tous réunis dans le palais Zaabel, à Dubaï.

Le pays entier était aux aguets.

Au cours de trois heures et demie de débats, entourés de nos conseillers, nous avons mis à plat tout ce qui nous séparait. Vers la fin de l'après-midi, si des progrès avaient été accomplis, il subsistait encore des points de blocage. C'est alors que j'ai suggéré à Cheikh Rachid de m'accompagner pour une promenade dans les jardins du palais.

Ce que nous nous sommes dit, je le sais, il le sait.

*

C'est au cœur du désert que nous nous étions rencontrés il y a huit ans.

Je n'étais plus Cheikh Zayed.

Il n'était plus Cheikh Rachid.

Nous étions deux Bédouins, sous l'éclat implacable du soleil.

Cheikh Rachid et moi nous nous étions alors dirigés vers une tente et nous y avions pris place. Rien que nous deux. Sans témoins.

Deux Bédouins.

Deux hommes façonnés par des millénaires de tempêtes et d'accalmies.

J'avais pris la parole avec tout le respect que je devais à mon aîné, conscient que se jouait là un moment historique. Je lui avais parlé. J'avais déposé mon rêve dans la paume de sa main. Et il l'avait accueilli. Sans a-priori.

Alors que nous remontions une allée bordée de palmiers et de fleurs d'hibiscus, Cheikh Rachid a désigné la façade de son palais.

— Regarde où nous sommes aujourd'hui, huit ans plus tard. Quel changement !

— Il se voit sur nos visages. Je vais avoir bientôt cinquante-huit ans.

— Tu es encore un jeunot, mon frère Zayed. J'en ai soixante-quatre ! On parle souvent des rêves de la jeunesse. Sais-tu ce que m'a dit mon fils Mohammed alors qu'il n'avait pas douze ans ? « Ça n'existe pas, les adultes, c'est une attitude. On n'en finit pas de courir après les rêves qu'on a eus quand on était petits. » Je crois qu'il avait raison.

— N'est-ce pas ce que toi et moi avons fait depuis huit ans ? Courir après nos rêves.

Rachid s'est arrêté et a pris une profonde inspiration.

— Sens-tu ces parfums ? Nous sommes pourtant fin novembre et l'air est encore plein des odeurs de l'été. Grâce à Dieu, nous vivons sur une terre bénie.

— Et qui mérite tout notre amour.

— Bien plus encore que l'amour : des sacrifices.

Soudain, il a plongé ses yeux dans les miens et m'a dit :

— Entre frères, il ne peut y avoir de gagnants ou de perdants. Serre-moi la main.

J'ai pris sa main.

Les Émirats arabes unis venaient de renaître.

26

> J'ai revu ma mère, je me suis revu jouant pieds nus parmi les palmiers, et nageant dans les bassins des *aflaj* avec mes enfants. Était-ce hier ? C'était hier.

En ce 24 février 1979, je crois bien que ce sont les ouvriers qui travaillaient sur l'île de Das qui, les premiers, aperçurent, émergeant de la brume marine, le *Britannia*, le yacht royal qui transportait la reine Élisabeth et sa suite.

Moi, je l'attendais sur le quai de Mina Zayed, entouré des six autres souverains.

J'ai observé la reine tandis qu'elle descendait la passerelle et c'est tout naturellement que m'est revenu l'échange que nous avions eu lors de notre dîner à Buckingham Palace.

« — Combien d'arbres avez-vous déjà fait planter jusque-là ?

— Quelques milliers.
— Quelles sortes ?
— Essentiellement des palmiers, des ghaf, des mangroves.
— Splendide. Et vous allez poursuivre, j'imagine ?
— Bien sûr, Majesté.
— Quelques milliers de plus ?
— Quelques millions. »

C'était il y a dix ans. Désormais, je pouvais lui annoncer un chiffre précis : 4 millions.

Au moment même où le *Britannia* pénétrait dans le golfe Arabique, j'imagine que la souveraine avait dû être informée que son yacht frôlait les eaux iraniennes où, deux semaines auparavant, une révolution d'une grande violence avait secoué le pays. Contraint à l'exil, le Chah s'était vu remplacé par un dignitaire religieux du nom de Khomeiny. L'État impérial d'Iran n'existait plus. C'était désormais une République islamique.

Pour le gouvernement britannique, autant que pour nous, cette visite revêtait une grande importance. Depuis que les Anglais avaient pris la décision de se retirer de la région, nos liens s'étaient quelque peu distendus et il était important de leur redonner de la vigueur.

Le premier jour, j'ai emmené Sa Majesté et le prince Philippe, duc d'Édimbourg, visiter le Corniche Hospital, inauguré deux ans plus tôt. Nous n'avions pas encore atteint le degré de qualité du St Thomas' Hospital où, quelques années auparavant, j'avais accompagné mon frère Chakhbout, ou du Presbyterian de New York, mais les choses progressaient. Plus tard, le Corniche Hospital deviendrait une maternité parmi les plus modernes de la région et emploierait plus de 1 000 personnes, infirmiers, médecins, sages-femmes, radiologues inclus. Il serait le premier établissement médical du genre capable de détecter une cardiopathie congénitale chez un nouveau-né ou des problèmes auditifs.

Ensuite, ce fut au tour de la British School Al-Khubairat.

Le directeur s'est fait un plaisir d'expliquer à nos invités que les programmes étaient calqués sur ceux d'Angleterre et du pays de Galles. Ce qui eut l'air de les impressionner.

Il régnait comme un air de vacances, alors que les habitants se pressaient dans les rues pour nous regarder passer, Sa Majesté et moi, dans une limousine Mercedes arborant le drapeau royal et celui des Émirats arabes unis.

Dans le ciel, une montgolfière lancée par la compagnie aérienne British Airways flottait sur fond d'azur.

Vers midi nous sommes allés déjeuner dans les salons de l'hôtel Méridien qui venait tout juste d'ouvrir ses portes. Ce fut moins pompeux qu'à Buckingham Palace, mais peut-être plus chaleureux.

Dans la soirée, à l'écart des médias, Sa Majesté a pris la direction du palais Mushrif, où une jeune femme l'attendait avec impatience. Fatima. Mon épouse avait longtemps rêvé de cette rencontre. J'imagine fort bien quel fut le thème de leur discussion. Un an auparavant, Fatima avait créé l'union des femmes. La reine put constater qu'à la différence de nombreux endroits du monde où la femme n'est toujours pas considérée à sa juste valeur, elle occupait chez nous la place qu'elle méritait.

La journée s'est terminée à 22 heures par un banquet à bord du yacht royal.

Le lendemain, j'ai invité la reine et son époux à m'accompagner à l'université d'Al-Aïn. Il s'agissait du premier et du plus ancien des trois établissements consacrés à l'enseignement supérieur subventionnés par l'État.

En arrivant dans l'oasis de mon enfance, un flot de souvenirs a envahi ma mémoire.

J'ai revu ma mère, je me suis revu jouant pieds nus parmi les palmiers, et nageant dans les bassins des *aflaj* avec mes enfants. Était-ce hier ? C'était hier.

Alors que nous sortions de l'université, la reine m'a interrogé :

— C'est étonnant, Excellence. Vous avez accompli toutes ces choses en seulement vingt ans ?

— Disons vingt-cinq.

— Admirable. Dire que nous, il nous a fallu un siècle !

Le moment le plus intéressant de la journée fut certainement la course de chameaux. J'ai pensé que ce genre de spectacle, si loin de la Royal Ascot, des hauts-de-forme et des queues-de-pie, ne pouvait laisser nos invités indifférents. De temps à autre je glissais un coup d'œil discret vers la reine. Son regard brillait, et on la sentait fascinée par la vélocité de ces animaux. Ce qui me fut confirmé par son commentaire que m'a traduit Nashibi : « *It's abso-*

lutely wonderful and quite spectacular. » C'est absolument merveilleux et tout à fait spectaculaire.

Aux alentours de midi, le déjeuner fut servi dans le désert, à l'abri du soleil, sous de grandes tentes. Point de pavé de saumon, ni de pommes forestières, mais un magnifique agneau rôti. Point de cornemuses, mais des musiques et des danses traditionnelles.

Le lendemain était un dimanche.

Nous avons pris la route de Dubaï pour aller à la rencontre de Cheikh Rachid. Celui qui était devenu en quelque sorte mon frère d'adoption, mon ami, mon compagnon de route, les a accueillis dans son palais avec honneurs et faste. Le couple royal a profité de sa présence dans la ville pour assister à la messe prévue à la Holy Trinity Church. Ensuite, il y eut la pose de la première pierre du premier gratte-ciel de la ville : le Dubaï World Trade Center. Un bâtiment qui devait s'élever à environ 150 mètres de hauteur.

À la nuit tombée, j'ai raccompagné la reine et le prince jusqu'au port de Jebel Ali, où un canot les attendait pour les emmener jusqu'au *Britannia* ancré au large.

Au moment de nous séparer, le prince s'est penché vers moi.

— Savez-vous que vous avez réalisé ici deux des plus vieux rêves de l'homme : transformer le désert en verdure et l'eau de mer en eau potable ? Deux rêves devenus réalité.

*

6 octobre 1981

Fatima et moi avions l'œil rivé sur le téléviseur.

L'Égypte commémorait le déclenchement de la guerre du Ramadan à Madinet Nasr, dans la banlieue du Caire.

Des camions bâchés défilaient.

Il devait être midi.

Soudain, l'un des véhicules s'est écarté pour s'immobiliser à quelques mètres de la tribune présidentielle.

Sans quitter l'écran des yeux, j'ai fait remarquer à Fatima :

— Il se passe quelque chose de bizarre…

Je n'avais pas fini ma phrase qu'un homme en treillis a bondi hors du véhicule. Il a lancé deux grenades en direction des spectateurs, et une détonation a claqué. Un autre a surgi à son tour, armé d'un fusil-mitrailleur. Il a pris position et tiré sur Anouar Al-Sadate. Presque aussitôt, deux militaires s'élancèrent à leur tour à l'assaut, tandis que deux autres les couvraient en arrosant de balles les extrémités des gradins.

Je n'avais pas approuvé le choix de Sadate de se rendre à la Knesset.

Je n'avais pas approuvé qu'il signe un accord de paix séparé avec Israël. En agissant de la sorte, il avait détruit la vision d'un front arabe uni. Néanmoins, lors d'un message radiophonique, j'ai tenté de lui trouver des circonstances atténuantes. J'ai déclaré qu'il était naturel qu'une personne, confrontée à un problème, se décide à agir avec l'espoir d'y mettre fin, convaincue d'accomplir la bonne démarche. J'ai expliqué que l'erreur était humaine et que nul n'était infaillible et j'ai proposé que nous ne lâchions pas la main de Sadate afin de travailler ensemble à la réalisation d'objectifs communs. Et maintenant…

J'ai levé les bras au ciel.

— Où va le monde !

Les visions d'horreur continuaient de défiler sur l'écran.

La confusion la plus totale régnait.

La garde présidentielle venait de répliquer, blessant deux assaillants, mais elle se révéla incapable d'atteindre un troisième qui, indemne, eut le temps de vider son chargeur sur la dépouille du président égyptien.

Je crois bien que mes mains tremblaient.

Mon téléphone a sonné. C'était Chakhbout. Il avait l'air aussi choqué que nous l'étions, Fatima et moi.

Il a articulé, la voix sèche :

— Tu as vu… Zayed. Tu vois ce qui se passe ?

— Oui. C'est effrayant.

— Je ne comprends pas, mon frère. Je n'arrive plus à suivre les événements qui secouent cette planète. Il semble que la folie a envahi le monde. Pourquoi ?

— Je n'ai pas la réponse. Elle surviendra peut-être demain.

Il s'est raclé la gorge et a dit à voix basse :

— Que Dieu nous garde. Qu'Il te garde, Zayed.

Il a raccroché.

Sur l'écran, les images s'entremêlaient. Ce n'étaient que cris et mouvements de panique.

Le téléphone a sonné de nouveau, cette fois c'était Cheikh Rachid qui m'appelait de Dubaï. Pour lui aussi la folie régnait.

Nous sommes convenus d'organiser une réunion d'urgence afin d'évaluer les conséquences de cette action barbare sur la région.

Ce fut seulement au milieu de la nuit que j'ai retrouvé mon épouse dans ses appartements. J'étais épuisé nerveusement. Je me suis laissé choir dans un fauteuil et je suis resté un long moment silencieux. Je ne songeais pas seulement à l'assassinat de Sadate, mais aussi à celui de Fayçal, Gandhi et de tant d'autres. À toutes ces meurtrissures que, depuis la nuit des temps, les hommes infligent aux hommes. À quelques heures d'avion de chez nous, les Libanais s'entre-tuaient, les Iraniens et les Irakiens se livraient une guerre qui ne verrait ni vainqueur ni vaincu. Les chars russes dévastaient l'Afghanistan. À quelle conclusion aboutir, sinon que toute violence exerçait contre l'homme est un viol : le viol de son identité, de sa personnalité, de son humanité ?

Comme si elle avait déchiffré mes pensées, Fatima m'a demandé :

— Crois-tu que la non-violence soit la solution ? Gandhi en est mort. Mandela a échoué. Promoteur d'une lutte pacifique, il a fini par créer une branche militaire qui s'est livrée à des actes de sabotages.

— Certes, la non-violence est un risque, mais c'est précisément ce risque qui donne un sens à la vie de l'homme. La transcendance de l'homme, c'est cette possibilité de prendre le risque de mourir pour ne pas tuer, plutôt que de prendre le risque de tuer pour ne pas mourir.

Fatima a approuvé.

— Tu es quand même un homme étonnant, Zayed. Lorsque je t'écoute et que je fais le compte de tout ce que tu as accompli jusqu'ici, de tous les bienfaits que tu as dispensés, s'il existe un être au monde qui mériterait le Nobel de la paix, c'est bien toi.

J'ai secoué la tête.

— Même si j'étais proposé, je refuserais. Je n'y vois aucun intérêt. Et je suis sincère. Tant de gens échangent l'honneur contre les honneurs. Crois-tu qu'une médaille ou une décoration qui ornerait ma poitrine m'accorderait une meilleure place au paradis ? Non, ma chérie. Ce qui m'intéresse c'est la place que j'occupe ici-bas, dans le cœur de mon peuple et de mes proches. D'ailleurs Rachid le mériterait autant que moi.

— C'est vrai. Je reconnais que toi et lui avez réussi à créer un havre de paix dans un environnement où tout n'est que conflit. Lui le businessman, toi le politicien.

— Une chose est sûre : nous nous complétons admirablement.

Je me suis levé.

— Je vais aller me reposer. Je suis à bout de forces.

*

Les visages ne sont ni plus pâles ni plus rouges que d'habitude. Ils ne sont ni plus tendus ni plus détendus, et pourtant ils sont différents. L'air est déchiré par les obus et les explosions infernales. Le vacarme s'insinue dans mes artères, dans mes mains, dans mes yeux. Ils tirent, ils tirent… Mes jambes sont molles, j'ai les mains froides, le front brûlant. Est-ce cela la peur ?

Les bombardements se rapprochent, les éclats font jaillir les dunes. Mes muscles se raidissent : mourir serait une délivrance. Les sifflements s'entrecroisent en un lacis, les explosions se fondent en un bruit de tonnerre continu. Lorsqu'un instant leur intensité diminue, on entend les respirations haletantes. Je me tiens là, immobile, silencieux, le dos courbé, tassé sur moi-même. L'abri oscille. Les secousses font vibrer les murs du palais. Nous allons être ensevelis sous les décombres.

Les hurlements s'intensifient.

C'est un spectacle d'une horreur tragique qui défie toute description.

Il y a des blessés partout, du sang par flaques. Pourtant, le ciel est bleu au-dessus de tout cela, bleu, et souffle une brise douce. Je dois me lever. Je le dois. J'enjambe les corps éparpillés au sol, je piétine des membres.

Un soldat transperce le ventre d'un garde. Son visage grimace de douleur, presque d'étonnement. Le pistolet qu'il tenait dans sa main pâle glisse et disparaît dans la terre rouge de sang. Une masse visqueuse s'échappe de sa blessure, ses intestins jaillissent de leur prison de chair. Autour de nous, une marée humaine recouverte de poussière semble danser une étrange sarabande. Et il y a tous ces drapeaux ensanglantés qui claquent. Des centaines de drapeaux qui figurent toutes les nations.

Des corps jaillissent d'un côté et de l'autre, s'envolent sans grâce comme des oiseaux ivres.

Je me suis réveillé, plié en deux sur mon lit, les mains crispées sur ma poitrine, cherchant ma respiration. Et j'ai crié : « Mon Dieu, miséricorde. »

Que jamais cela ne se produise chez moi ni dans aucun autre pays dans le monde !

27

Lorsque l'on souffre, on voudrait
que même la nature compatisse.

1er août 1990

Lorsqu'il m'a tendu le téléphone, Farès était blême.

— C'est Cheikh Maktoum. Il dit que c'est urgent.

J'ai jeté un coup d'œil sur ma montre gousset. Les aiguilles indiquaient 11 h 15 du soir.

Cheikh Maktoum était le fils aîné de Rachid. Je l'avais connu enfant. Aujourd'hui, il approchait de la cinquantaine. À l'image de son père, il était doté d'un instinct naturel pour le commerce et les affaires. Un personnage brillant. J'ai tout de suite pensé au pire. Si Maktoum m'appelait à cette heure tardive, c'est qu'il se passait quelque chose de grave.

— Je tenais à vous prévenir au plus vite, Cheikh Zayed. Il y a environ une heure mon père a été victime d'un accident vasculaire cérébral.

— Au nom d'Allah le Très-Miséricordieux, dis-moi qu'il est vivant !

— Il l'est, mais son état est jugé très préoccupant.

— Où est-il ?

— Il a été transporté au Dubaï Hospital.

— J'arrive !

J'ai tiré du lit mon chauffeur et une heure cinquante plus tard j'étais au chevet de Rachid. Ses quatre fils étaient là.

Je me suis penché vers mon ami, mon frère, mon compagnon de route, et je lui ai baisé le front. Il n'eut aucune réaction. Sa poitrine se soulevait et retombait au gré d'un souffle lent, non saccadé. Pour la première fois ce roc, cette forteresse, paraissait vulnérable.

Les associations d'idées sont parfois bien curieuses.

Une scène a jailli soudain.

Rachid était face à Saqlawi, son cheval préféré. Sur un signe de la main, l'animal a levé sa jambe avant. Sur un autre signe, il a fait la révérence.

Nos pensées sont imprévisibles.

Je me sentais parcouru de fleuves invisibles, de ceux qui charrient les souvenirs dans leurs flots. Nous avions eu des différends, nous nous sommes confrontés parfois, mais jamais sans irrespect, toujours dans l'honneur. Dans les moments les plus compliqués, il avait fait preuve à mon égard d'une sollicitude paternelle, alors que six ans seulement nous séparaient. Il employait parfois ses heures d'insomnie à discuter avec moi au téléphone des plans qui l'épuisaient, mais dont la réussite lui importait plus que quelques bribes supplémentaires d'existence. Les responsabilités qui sont les nôtres nous séparent parfois trop des hommes, dans une fonction à laquelle préside le plus souvent l'apparat que l'amitié vraie. Ce n'était pas notre cas.

J'ai questionné Maktoum :

— Que disent les médecins ?

— Seulement que son pronostic vital n'est pas engagé. Il faut garder espoir.

J'ai déclamé :

— « Place ta confiance en Dieu, Dieu suffit comme protecteur. »

Je suis reparti, triste à mourir.

La route du retour fut longue. Plus longue qu'elle ne le fut jamais. Le désert, la mer et les palmiers sommeillaient, indifférents. Lorsque l'on souffre, on voudrait que même la nature compatisse.

Un an plus tôt, presque jour pour jour, mon frère Chakhbout nous avait quittés. Un 11 février 1989. Il était mort dans son sommeil et je n'étais pas à ses côtés. Il était mort aussi discrètement qu'il avait vécu. Il venait d'avoir quatre-vingt-trois ans.

« Tu m'as manqué, mon frère. Tu nous as manqué.

— Vous aussi. Ni Bahreïn ni Beyrouth n'ont le charme de notre terre. »

Un an s'est écoulé. Ses mots résonnent en moi plus que jamais.

Je n'osais croire qu'il arriverait aussi malheur à Rachid. Ce serait trop injuste. Mais que valait mon espérance ?

Le destin des hommes n'est-il pas écrit dans la paume du Très-Haut ? N'est-ce pas Lui et Lui seul qui décide. Il a été dit : « Pour chaque communauté il y a un terme. Quand leur terme vient, ils ne peuvent le retarder d'une heure et ils ne peuvent le hâter non plus. »

C'est alors que nous n'étions plus très loin du palais que la radio a diffusé la nouvelle que nous appréhendions tous : l'armée irakienne était entrée au Koweït.

Cette invasion fut certainement l'un des plus grands chocs de ma vie.

C'ÉTAIT DONC CELA, MON CAUCHEMAR !

Pour nous, émiriens, le Koweït n'était pas qu'un simple voisin. Il faisait partie intégrante de notre quotidien. Nombre de nos enfants ont étudié dans les écoles koweïtiennes, nos citoyens ont été bien traités au Koweït et inversement. Nous étions plus que liés.

Les premières nouvelles détaillées de l'invasion me sont arrivées tôt dans la matinée du 2 août 1990. Je me souviens d'avoir demandé à trois reprises au ministre de la Défense à l'autre bout de la ligne téléphonique de me les répéter. C'était donc vrai. Saddam avait commis l'inconcevable crime. En accord avec Cheikh Maktoum, qui depuis quarante-huit heures assumait les fonctions de vice-président, j'ai décrété l'état d'urgence et mis en alerte nos forces militaires.

Une première décision s'imposait : accueillir nos frères et sœurs koweïtiens qui fuyaient leur pays. Nous avons mis à leur disposition nos hôtels, nos appartements, et nombre de nos citoyens leur ont ouvert leur maison et leur cœur. Nos ports sont devenus des points d'accostage pour les flottes américaine et britannique. Nous n'avions pas eu d'autre choix que de nous intégrer dans la coalition dite « Tempête du désert ».

Gandhi avait déclaré un jour : « Là où il n'y a le choix qu'entre lâcheté et violence, je conseillerai la violence. »

Le 7 octobre à l'aube, alors que la fureur et le bruit assourdissaient l'azur, Cheikh Maktoum m'a téléphoné. Son père venait de rendre son âme à Dieu. Mes yeux se sont emplis de larmes. En un peu plus de deux ans, j'avais perdu deux frères. Un frère de sang, un frère de cœur.

*

Juin 1992

— Zayed, pardonne-moi, mais la situation doit changer. Il n'est pas possible que des hommes se ruinent de la sorte.

Il était rare que Fatima vînt me retrouver dans mon bureau au palais : si elle avait une suggestion à me faire, ou un sujet à débattre, elle préférait que nous en discutions en tête à tête, chez nous. Plus rare encore qu'elle affichât une expression si contrariée.

Je me suis inquiété.

— De quoi s'agit-il ?

— D'un sujet dont nous avons déjà parlé à plusieurs reprises : le *mahr*.

Le *mahr*… En effet.

Chez nous et dans le monde musulman en général, le *mahr* est un cadeau que présente le marié à sa mariée. Ce qui n'est pas le cas dans certaines cultures asiatiques où cette offrande est faite à la famille de l'époux, ou dans d'autres sociétés où elle est attribuée non à la mariée mais à son père. Pour nous, le *mahr* est vu comme une sorte de gage de la part du mari, et le prépare à assumer ses responsabilités conjugales. Mais par-dessus tout, la somme offerte permet à la femme de survivre seule pendant quelques mois en cas de décès ou de maladie de son mari. Hélas, depuis quelque temps, ce geste de générosité n'était plus un bienfait, mais un handicap.

Un mariage typique pouvait coûter des centaines de milliers de dirhams, dépensés en réceptions démesurées, bijoux et garde-robe. En conséquence, beaucoup de jeunes couples étaient forcés de contracter des prêts bancaires et croulaient sous les dettes. Les autres étaient contraints au célibat.

J'ai hoché la tête.

— Je suis conscient du problème, d'autant que j'ai ouï dire que certaines familles se montrent chaque jour plus gourmandes, d'où le nombre croissant de jeunes filles qui ne trouvent plus de maris. Tu sais bien que j'ai toujours été opposé à l'extravagance de certaines dots. Elles amputent exagérément le budget des jeunes couples alors qu'ils ont besoin de tous leurs moyens au départ de leur vie commune. Au lieu d'aller dépenser des fortunes dans des palaces, pourquoi ne célèbrent-ils pas leurs noces comme nous l'avons fait toi et moi, comme l'ont fait nos ancêtres. Ils leur suffiraient de dresser une grande tente, s'entourer de vrais amis, ceux qui sont chers à leur cœur. Leurs voisins les aideraient à préparer le repas, chacun mettrait la main à la pâte et, à mon avis, ce serait bien plus convivial que d'emmener sa future épouse dans un hôtel de luxe, dépourvu de toute chaleur humaine, offerte en spectacle à la vue de centaines d'inconnus qui la prennent en photo. Quelle solution proposes-tu ?

Elle a affiché une expression enjouée.

— Tu es le mâle. Moi je pose les problèmes et toi, tu trouves les solutions.

Des solutions, il n'y en avait pas des centaines.

— Accorde-moi quelques heures pour réfléchir.

Fatima m'a accordé six mois.

Le septième, ma décision était prise. J'ai réuni un *majlis*, convoqué des membres du gouvernement concernés par le sujet et annoncé :

— Vous êtes tous au courant du problème que pose le *mahr* à notre jeunesse. Il est temps d'y mettre fin. Voilà des mois que je réfléchis à la question. J'ai interrogé de nombreuses familles et je suis parvenu à une conclusion.

Je me suis tu pour donner plus de poids à ce qui allait suivre, puis :

— C'est à nous. C'est au gouvernement de prendre le *mahr* à sa charge et les frais du mariage.

Un brouhaha a retenti et la stupeur apparut sur les visages.

— Mais c'est impossible, Zayed ! Un père peut aider son fils, un oncle, une mère ou qui que ce soit, à se marier, mais dans ce cas précis ce n'est pas au gouvernement de s'immiscer. Non, c'est impossible.

— Si je vous comprends bien, le gouvernement a tout loisir d'offrir des maisons, ou prendre à sa charge le prêt contracté par une personne en difficulté, mais il ne peut pas contribuer à aider un jeune couple à bâtir son avenir.

— Ce n'est pas la même chose, protesta un ministre. Là il s'agit de mariage. Une affaire strictement personnelle !

— Faux ! Il s'agit d'une affaire nationale, du devenir de notre peuple. En accordant cette aide, nous mettrons fin du même coup aux exigences démesurées de certaines familles.

Je me suis tourné vers le ministre des Affaires sociales et lui ai demandé de procéder rapidement à une étude.

Le 9 décembre 1992, le décret fut signé. Nous l'avons appelé : « le fonds du mariage ». Il autorisait l'octroi de 20 000 dollars à tout homme désireux de prendre épouse, mais à la condition que celle-ci soit une émiratie et que les revenus du prétendant ne dépassent pas un certain seuil. De même il était stipulé que le couple s'engageait à rembourser progressivement cette somme. En cas de naissance, il avait droit à une réduction de sa dette de vingt pour cent par enfants.

Le rêve de Fatima s'était réalisé.

*

Février 1993

Parmi tous les songes qui jalonnèrent ma vie, il en est un que j'ai fait quelques semaines après la mort de Chakhbout et de Rachid. Il n'a cessé de me poursuivre.

Une nuit, je m'étais allongé dans la cour de qasr Al-Muwaiji, à Al-Aïn, pour le plaisir de contempler la voûte céleste semée d'astres. Ce n'était pas la première fois que je m'abandonnais ainsi, les yeux ouverts, à dénombrer les constellations qui vivront encore quelques milliards d'années quand nous ne serons plus là. À un moment donné j'ai dû m'assoupir et j'ai cru entendre une voix qui me chuchotait : « Il a obéi à l'ordre du ciel. » C'était bien sûr une hallucination. Ou alors, se pouvait-il que le ciel nous intime des ordres, et que certains les entendent là où le reste des hommes ne perçoit qu'un accablant silence ?

Lorsque le sommeil m'a quitté, j'ai pensé : « Que restera-t-il quand je ne serai plus là ? Qu'aura-t-on retenu ? » Une réflexion en entraînant une autre, je me suis répété ces mots : « Il a obéi à l'ordre du ciel », et une vision s'est matérialisée. J'ai imaginé un édifice. Un édifice ouvert à toutes les croyances. Un édifice phare à la gloire de l'architecture islamique. Quel ouvrage serait plus parfait qu'une mosquée ?

Elle serait blanche comme la pureté.

Blanche, comme la rose la plus blanche.

Immaculée, comme le cœur d'un nouveau-né.

Ses lignes seraient tendres au regard.

Ce serait un poème à la gloire du Tout-Puissant, écrit avec des mots de marbre et d'or, de céramique et de pierres précieuses.

Sans outrance.

Un miroir de lune.

Nulle pesanteur, mais une architecture vaporeuse, presque immatérielle, le divin à la rencontre de l'homme. J'imaginais aussi que ce bâtiment respirerait au rythme du cycle lunaire. Au moment de la pleine lune, il se draperait d'une lumière blanche et froide, et passerait ensuite progressivement du blanc au bleu.

Et de l'eau. De l'eau comme un lac, de l'eau comme la mer, de l'eau qui symboliserait la vraie richesse ; celle des anciens puits d'Al-Aïn, celle des *aflaj* creusés à la sueur de notre âme. De l'eau dans un bassin qui longerait l'une dc scs façadcs, amplifiant sa beauté. Pour bâtir ce lieu, on ferait venir l'élite des matériaux de construction d'Italie, de Grèce, d'Allemagne, du Maroc, d'Inde, de Turquie, d'Iran, de Chine, du monde entier, puisque le monde entier y aurait accès.

Et à l'intérieur, dans la salle de prière, un tapis couvrirait le sol, le plus grand tapis du monde, pourquoi pas un *mashad*[1] tissé par des femmes.

1. Tapis noué à la main, fabriqué dans la ville de Mashad, dans la province du Khorassan.

Pour une fois dans ma vie, je ne livrerai pas une course contre la montre, mais je créerai une montre aux aiguilles arrêtées.

Le Taj Mahal fut érigé pour l'amour d'une femme. Cette mosquée le serait pour l'amour de Dieu.

28

> La nature demeure.
> Les hommes passent.
> Seul le désert, impassible
> comme le temps, sait la vérité.

Cleveland, Ohio, 6 février 2003

J'ai ouvert les yeux et tout de suite senti dans la bouche un goût amer.

Les conséquences de l'anesthésie, sans doute.

Mais hormis ce désagrément, je me sentais plutôt bien pour un homme qui venait d'endurer deux heures d'intervention chirurgicale. Trois ans auparavant, j'avais subi la greffe d'un rein et une nouvelle opération s'était imposée. Quoi de plus commun que de rappeler la valeur de la santé ? « *Shuh fayidit al-mal bidoun al-sehha.* » À quoi sert la richesse sans la santé ? avais-je lancé un jour à mon défunt frère. Je ne croyais pas si bien dire.

Nashibi était assis dans un coin de la chambre. Il lisait.

J'ai voulu me redresser dans le lit, mais ce n'était pas évident avec toute cette technologie qui m'entourait. Goutte-à-goutte, électrodes et ce petit écran sur lequel dansaient des graphiques au rythme de mes pulsations. Bip, bip, bip. Le petit son rassurant et monotone qui vous signale que la vie bat toujours.

La première question que j'avais posée au professeur John Trevor, le jour où il m'avait annoncé qu'une greffe était devenue inévitable, fut : « Qui est le donneur ? » Il avait dû trouver l'interrogation candide puisqu'un sourire bienveillant avait illuminé sa face : « Excellence, nous n'en avons pas la moindre idée. Il ne nous est pas possible de connaître par avance son identité ; s'il est noir ou blanc ou jaune ; si c'est un homme, ou une femme. Nous n'aurons ces informations que le jour de l'intervention. »

En effet, c'était logique. La question m'avait traversé l'esprit pour la forme. Parmi tous les bienfaits d'une greffe, il en est un qui n'est pas le moindre : il vous guérit à jamais de toute velléité de racisme. Le receveur ancré dans ses a-priori oserait-il refuser un greffon sous prétexte que le donneur n'aurait pas la même couleur de peau que lui, ou ne partagerait pas la même croyance religieuse ? C'est curieux comme la peur de la mort annule d'un seul coup les idées préconçues. Gardons en tête que, si le Seigneur nous a créés différents, c'est qu'Il avait Ses raisons. En écoutant le professeur John Trevor ce jour-là, j'avais eu (si besoin était) la confirmation que le racisme ne suivait aucune logique puisqu'il consistait à mépriser un homme au nom de la seule chose dont il n'était pas responsable.

Depuis trois ans, un corps étranger vivait en moi. Peu m'importait à quel être il avait appartenu.

— Vous vous sentez bien, Excellence ?

— Oui, mon ami. Aussi bien que possible, Dieu merci. Quelles sont les nouvelles ?

Nashibi a refermé son livre et s'est approché du lit.

— Vous voulez parler de l'Irak, je présume ?

— Bien sûr. Où en est-on ?

— Je crains, hélas, que la guerre ne soit devenue inévitable. Depuis la tragédie du 11 Septembre, les Américains cherchaient un bouc émissaire. Ils l'ont trouvé en la personne du président irakien.

Nashibi avait raison. C'est bien triste, mais il arrive que le langage de certains politiques soit conçu pour que le mensonge paraisse vrai et pour donner au métal l'apparence de l'or.

— J'ai écouté hier à la télévision le secrétaire d'État à la Défense, Colin Powell. Il s'exprimait à l'ONU. Avec un aplomb cxtraordinairc, il a affirmé que son pays détenait la preuve que Saddam possédait des armes de destruction massive. Il a même brandi une fiole de culture bactérienne censée avoir été prélevée en Irak. Personne n'est dupe, Nashibi.

— Le porte-parole de la Maison-Blanche parle d'une *Operation Iraqi Liberation*. C'est amusant…

— Amusant ?

— L'acronyme de cette expression est « OIL ». Pétrole.

— Depuis le premier jour où cette crise a éclaté, je n'ai cessé de penser à une solution qui serait susceptible de calmer les esprits. Il suffirait que Saddam abandonne le pouvoir et quitte l'Irak.

— Et où irait-il, Excellence ?

— Chez nous. Je suis disposé à l'accueillir, lui et tous ses proches, et, si nécessaire, à leur accorder un soutien financier. Je m'engagerai aussi à lui éviter toutes poursuites judiciaires. Il pourra bénéficier, ainsi que sa famille, des meilleurs soins médicaux et ses enfants du meilleur système d'éducation. C'est le seul moyen de mettre un terme aux souffrances endurées depuis des années par le peuple irakien et d'éviter une guerre. Ensuite le pays pourrait être placé sous juridiction de l'ONU et de la Ligue arabe en attendant qu'un nouveau gouvernement soit formé.

Nashibi a approuvé d'un mouvement de la tête.

— L'idée me paraît excellente. Seulement, comment convaincre Saddam ?

— En commençant par lui transmettre l'offre. Passe-moi le téléphone, je te prie, et appelle mon fils Khalifa.

Le lendemain, la presse du monde entier relayait ma proposition. Elle faisait l'unanimité non seulement auprès de nos voisins arabes, mais aussi auprès de nombreux pays européens et asiatiques. Pendant quelques semaines j'y ai cru. J'ai vraiment cru que Saddam saisirait cette opportunité de se sortir du guêpier. Hélas, tous mes efforts furent vains. Pour sauver la face, le président avait souhaité que la Ligue arabe l'invitât officiellement à se rendre chez nous. Cette invitation ne fut jamais transmise.

Le jour où j'ai quitté la Cleveland Clinic, le 20 mars,

l'opération « Liberté pour l'Irak » était déclenchée. C'en était fini de Saddam. C'en était fini d'une époque. On avait ouvert les portes à l'incertitude et au déséquilibre.

*

Selon mes instructions, on avait fait venir les blocs de marbre les plus purs au monde, venus de Carrare en Italie, de Macédoine et même de Chine, et plus de 2 000 ouvriers s'affairaient pour assembler ce puzzle géant. Mon souhait était que cette mosquée traverse le temps et ne se lézarde pas comme tant d'autres constructions au bout de quelques décennies.

Le plus compliqué fut de trouver un site approprié. La majorité de l'île étant couverte de bâtiments, nous avons opté pour un terrain non encore exploité à l'extrémité sud, non loin de la mer, face au quartier d'Al-Maqta. Là, sur une surface de 22 000 mètres carrés, fut élevée une colline artificielle de 9 mètres de hauteur afin que la mosquée domine les environs. À mon grand désespoir les travaux inaugurés dix ans plus tôt ont stagné en raison du manque de communication entre les équipes internationales impliquées. J'ai décidé de faire appel à deux entreprises réputées pour leur sérieux : Halcrow et Impreglio. La première était britannique ; l'autre, italienne. Dès cet instant, les choses se sont mieux passées.

Le problème majeur auquel les ingénieurs ont eu à faire face était la salinité du sous-sol et de l'air. Si nous ne voulions pas que le sel érode les fondations, il fallait trouver un moyen de construire des supports d'une étanchéité à toute épreuve. Un travail de titan.

J'entends encore Farès :

— Tu te souviens de l'époque où tu avais décidé de creuser les *aflaj* à Al-Aïn ? La veille, je t'avais vu tracer à l'aide d'une branche des formes sur le sable, et tu parlais tout seul. Tu disais : « Ici, un jour, il y aura une école, là un hôpital, là une autre école. » Et des années plus tard, tu fais exactement la même chose, sauf que maintenant il s'agit de la plus grande mosquée du monde ! D'une certaine façon, je suis rassuré : tu n'as pas changé.

Il n'avait tort que sur un point : je n'avais nullement l'intention de bâtir la plus grande mosquée du monde. Mais la plus noble, la plus pure. Une œuvre d'art.

Déjà, les quatre minarets immaculés pointaient leur flèche à 470 mètres de hauteur et, certains jours, on pouvait les voir qui caressaient le ventre des nuages, ou projetaient leur ombre sur les dômes. Quatre-vingt-deux en tout et de sept formes différentes. J'avais tenu aussi à ce que les 1 000 colonnes qui supportaient les arcades figurent à leur extrémité la crête des palmiers-dattiers.

À présent, le projet avançait à grands pas et j'étais fier qu'une femme en fût la directrice : Khowlah Sulaiman Al-Sulaimani. De savoir qu'elle avait décroché son diplôme d'ingénieur dans cette université d'Al-Aïn que j'avais fondée il y a près de trente ans ajoutait à mon bonheur. Ainsi que je l'avais espéré, jour après jour, les femmes étaient reconnues pour ce qu'elles sont : le complément de l'homme.

Ma bien-aimée Fatima s'est surpassée. Elle, que j'avais connue toute jeune, qui savait à peine lire et écrire, tutoyait à présent les étoiles. Elle a travaillé sans relâche, soutenant un peu partout les populations dans le besoin, en Palestine, au Kosovo ou en Irak. En reconnaissance de son travail, elle avait été honorée simultanément par cinq organisations des Nations unies parmi lesquelles l'Unicef et l'OMS[1]. La vie est un miracle.

La fin des travaux avait été fixée pour le mois de Ramadan 2007. Khowlah Al-Sulaimani se battait pied à pied pour que ce délai soit respecté. Hélas, une voix intérieure me soufflait que je ne serais peut-être pas présent ce jour-là. Ma santé déclinait.

Dire que mes jours étaient comptés ne signifie pas grand-chose. Il en est ainsi dès notre naissance et pour nous tous. Mais l'incertitude du lieu, du temps, qui empêche de distinguer l'oasis vers laquelle nous avançons, cette incertitude diminuait à mesure que progressait le mal qui m'affectait.

Comme le cavalier qui chevauche de nuit entre les dunes voit le soleil se lever et découvre peu à peu la ligne grise de l'horizon, je commençais à entrevoir le profil de ma fin.

À mon retour de Cleveland je suis allé chasser. Le plaisir était au rendez-vous, ce plaisir indicible que j'ai tant apprécié toute ma vie durant. Par contre, la résistance à la

1. La médaille Marie-Curie lui fut attribuée le 12 novembre 1999. Elle aura été la troisième personnalité mondiale, et la première et dernière personnalité arabe, à accéder à un tel honneur.

fatigue m'a fait défaut. J'ai bien vu que mon cheval l'a senti. Il a senti cet instant où ma volonté divorçait d'avec ma force.

La nature demeure.

Les hommes passent.

Seul le désert, impassible comme le temps, sait la vérité.

Je crains qu'après ma mort ceux qui parleront de moi, et recueilleront les louanges qui me seront adressées, ne s'imaginent que je fus un être parfait, exempt de défaut. Ce serait une erreur. Je crains la vénération. La vénération est un amour aveugle et je préfère être apprécié par ceux qui voient. Dira-t-on de moi que j'étais un patriote, un nationaliste, un défenseur de l'islam, un humaniste ? Je fus tout cela à la fois.

J'ai eu mes instants de faiblesse.

J'ai connu le doute et l'impatience et des moments d'agacement.

Je ne sais pas si je fus le père parfait et l'époux idéal. Ma famille seule connaît la réponse. Il a pu m'arriver aussi de commettre des erreurs, sans que j'en sois pleinement conscient. Non. Je ne suis pas un être parfait. La perfection n'appartient qu'à Dieu. Si l'on devait conserver un souvenir de moi, que l'on dise : « Il fut l'âme qui a transformé le désert en vert. »

Et ce soir, alors que l'heure s'avance, je prie. Je prie le Tout-Puissant, pour qu'Il m'accueille au paradis entouré de quelques faucons, et que la paix règne sur la terre.

Je m'appelle Zayed bin Sultan Al-Nahyan.

Je suis de la famille Al-Nahyan, de la tribu des Bani Yas.

Cette nuit-là, Farès a murmuré :

Souvenez-vous de son nom.

Souvenez-vous, car il vous a nommés.

REMERCIEMENTS

Je tiens ici à remercier le Dr Ali bin Tamim, éminent poète et homme de lettres. Avec bienveillance, dès le premier instant, il m'a accompagné tout au long de la route, sans jamais faillir. Privé de son soutien, de sa confiance, ces pages n'auraient pas vu le jour. Il a toute ma gratitude.

Mes remerciements vont aussi à Son Excellence Zaki Nusseibeh. Lui qui a côtoyé pendant près d'un demi-siècle le héros de ce récit et qui a eu la générosité de me transmettre de précieuses informations.

Et, enfin, je n'oublie pas mon ami Kadhim Jihad Hassan, poète, critique littéraire et traducteur. Avec une noble générosité, il a bien voulu parcourir et relire chaque ligne du manuscrit, m'évitant ainsi nombre d'écueils.

BIBLIOGRAPHIE

The Arab Image in Western Mass Media, Outline Books, 1980.

Benoist-Méchin (Jacques), *Un printemps arabe*, Albin Michel, 1959.

—, *Fayçal, roi d'Arabie. L'homme, le souverain, sa place dans le monde, 1906-1975*, Albin Michel, 1975.

Boivin (Michel), *Le Pakistan*, Presses universitaires de France, 1996.

Boustead (Hugh), sir, *The Wind of Morning. The Autobiography of Hugh Boustead*, Craven Street Books, 2002.

Foye (G.), *Manuel pratique du fauconnier*, Librairie Pairault, 1886.

Gupte (Pranay), *Dubaï. The Making of a Megapolis*, Viking India, 2011.

Heard-Bey (Frauke), *From Trucial States to United Arab Emirates*, Longman Group, 1982.

Hillyard (Susan), *Before the Oil. A Personal Memoir of Abu Dhabi, 1954-1958*, Country Books, 2002.

Jegou (Monique), *Les Émirats arabes unis*, Albin Michel, 1983.

Longhurst (Henry), *Adventures in Oil*, Sidgwick and Jackson, 1959.

Maitra (Jayanti), *Qasr Al-Hosn. The History of the Rulers of Abu Dhabi*, UAE National Archives, 2001.

Morris (Claud), *The Desert Falcon*, Outline Series of Books, 1976.

Morton (Michael Quentin), *Keepers of the Golden Shores. A History of the Emirates*, Reaktion Books, 2016.

Piquet (Caroline), *Les pays du Golfe. De la perle à l'économie de la connaissance. Les nouvelles terres du libéralisme*, Armand Colin, 2013.

Riddle (Ken), *The Art of Falconry From Arabia Westward. Training and Conditioning Captive-Raised Falcons*, Abu Dhabi Authority for Culture and Heritage, 2009.

Shepherd (Anthony), *Arabian Adventure*, Collins, 1961.

Thesiger (Wilfred), *Le Désert des déserts*, Plon, 1978.

—, *La vie que j'ai choisie*, Plon, 1990.

Wilson (Graeme H.), *Zayed. Man Who Built a Nation*, UAE National Archives, 2013.

—, *Khalifa. Journey Into the Future*, UAE National Archives, 2015.

Œuvres de Gilbert Sinoué (suite)

INCH'ALLAH, vol. 1, Le souffle du jasmin, *roman*, Flammarion, 2010.

LE LIVRE DES SAGESSES D'ORIENT, *récit*, LGF, 2010.

INCH'ALLAH, vol. 2, Le cri des pierres, *roman*, Flammarion, 2010.

12 FEMMES D'ORIENT, *portraits*, Pygmalion, 2011.

IMPRESSIONS D'ÉGYPTE, *album photos*, La Martinière, 2011.

L'HOMME QUI REGARDAIT LA NUIT, *roman*, Flammarion, 2012.

LES NUITS DU CAIRE, *roman*, Arthaud, 2013.

LA NUIT DE MARITZBURG, *biographie*, Flammarion, 2014.

L'AIGLE ÉGYPTIEN : NASSER, *biographie*, Tallandier, 2015.

12 PASSIONS AMOUREUSES QUI ONT CHANGÉ L'HISTOIRE, *biographies*, Pygmalion, 2015.

L'ENVOYÉ DE DIEU, *biographie*, Archipel, 2015.

INCH'ALLAH, vol. 3, Les cinq quartiers de la lune, *roman*, Flammarion, 2016.

IRENA SENDLEROWA, *biographie*, Don Quichotte Éditions, 2016.

LE SABRE D'ALLAH, *essai*, Robert Laffont, 2016.

AVERROÈS OU LE SECRÉTAIRE DU DIABLE, *roman*, Fayard, 2017.

MOI, JÉRUSALEM, *roman*, Plon, 2019.

Composition : IGS-CP à L'Isle-d'Espagnac (16)
Achevé d'imprimer par CPI Firmin-Didot
en mai 2020.
Dépôt légal : mai 2020.
Numéro d'imprimeur : 158217

ISBN : 978-2-07-284662-5 / Imprimé en France

349812